潮谷験

KEN SHIOTANI

ミノタウロス現象

THE MINOTAUR PHENOMENON

IN A WORLD WHERE MONSTROUS CREATURES
WITH BULL HEADS BEGAN TO APPEAR,
SOMEONE USED ONE OF THOSE OTHERWORLDLY
BEINGS BEYOND HUMAN
COMPREHENSION TO COMMIT MURDER.
WHO DID IT?

角川書店

ミノタウロス現象

装丁　川谷康久
装画　田中寛崇

目次

主な登場人物

利根川翼（とねがわつばさ）　京都府眉原市市長

羊川葉月（ようかわはづき）　利根川の私設秘書

清城知治（せいじょうともはる）　眉原市議会議員・眉原清流会党首

岩緑　篤（いわみどりあつし）　同市議会議員・眉原革新党党首

宇田（うだ）　同市議会議長

増子（ますこ）　眉原革新党副党首

輪久井宏一（わくいこういち）　京都府警警視長

永倉秀華（ながくらしゅうか）　建築家・郷土史学者

モーリス・ジガー　動画投稿者

マーガレット・アンバー　モーリスの助手

序章

それが最初に出現したのは、オーストリア・エスリンク地方、二〇二五年六月一日の出来事だった。

　エスリンクは英雄・ナポレオンが生涯初めて敗北を喫したアスペルン・エスリンクの戦いで名高い古戦場だが、現在は農場と住宅地が混在するありふれた郊外の平野部だ。その日、五十二歳の牧場経営者オットー・ネーベルは、自身の所有する牧場の一角で休憩を取っていた。時刻は十六時過ぎだった。

「本当に、前触れもなく、突然現れたんだ」オットーの証言は、後に世界中に翻訳された。「忍び足とか、這い寄ってきたとか、そのせいで気づかなかったわけじゃない。俺は切り株に座って、紅茶で一服してた。誓って言うが酒は入っていなかったよ。三百六十度、視界を遮るものは何もなかった。切り株の周りは、刈り取り前の乾いた牧草が生い茂っていたけれど、草を踏みしめる音さえ聞こえてこなかった。あいつは牧場に入ってきたんじゃない。俺の目の前に、一瞬で湧いたんだ」

　ふとオットーが足元を見つめたとき、牧草が影に覆われていた。雨雲でも差したのかと視界を上に動かしたとき、正面に、角を生やした生き物が立っていた。

何かの悪ふざけか、サプライズの類だろうか。オットーの脳裏に浮かんだのはそんな発想だった。だが誕生日は来月で、親類や友人の中にこの種の悪戯(いたずら)を好む人間は思いつかない。何より、目の前の生き物は大きすぎた。身長百八十センチのオットーが立ち上がったというのに、彼の顔は、生き物の腹筋に直面している。角も加えれば、生き物の嵩(かさ)は、ゆうに三メートルを超えるだろう。

　そいつのへそから下は、茶色と灰色の混ざった針金のような体毛に覆われていた。足元には黒光りする蹄(ひづめ)。腹筋や胸元はボディビルダーのように引き締まっていたが、死人を思わせる青白さで、オットーの知るどの人種の肌にも似ていない。より奇怪なのは首から上だった。人間なら喉仏に該当する辺りから、ツタを黒く染めたような繊維状の筋肉が枝分かれして頭部を覆い、人類とは違う形を作り上げている。牡牛に似ている、とオットーは思った。自分の牛舎で見慣れている乳牛や肉牛ではなく、東南アジアの水場にたむろしているような水牛の頭に近いフォルムだった。ただし、目の色が違う。紀行番組で視聴した水牛は、哲学者を思わせるような落ち着きをたたえた眼差(まなざ)しを持っていた。しかしこの牛頭の瞳は、理解や共感を拒絶するようなどぎつい黄色だった。

　そいつは、異臭を放っていた。それは廃棄したチーズや牛乳を腐敗させた臭いをさらに悪化させたもので、眼前にあるものがよくできたメイクやオブジェではないと否応(いやおう)なしに教えてくれる。着ぐるみではない。作り物ではない。これは、こういう生き物なのだ。オットーの理解を裏付けるように、水牛に似た顔が口を開いた。異臭が増大する。粘度の高いよだれが、赤い舌に絡みついている。オットーは認めざるを得なかった。生き物の臭いだ。こいつは本物だ。なんの本物なのかは見当もつかない。

　そのとき、牛頭の怪物が右腕を動かした。蹄を生やした足とは異なり、人間のそれに近い、五本指の拳を握りしめていた。

振り上げられた拳が、自分の方へ下りてくる。思ったより鈍重だな、と冷静な評価を下す脳みそとは裏腹に、肉体は足がすくんで動かない。右肩に岩のような衝撃を感じた直後、オットーは意識を失った。

牧場から程近い総合病院の一室で目を覚ましたとき、オットーは右の肩甲骨、鎖骨、右上腕、肘、右手のひらを骨折していた。あの怪物に、一度肩を叩(たた)かれただけでこれだけの負傷。牧場は、家畜たちは、従業員の皆は無事だろうか？　医師に無理を言って退院させてもらい、牧場へ向かったオットーは、そこで血の海に倒れ伏している牛頭を見た。牧場の中にはライフルを構えた警官やハンターたちが十数人集まっており、怪物は、彼らに追い詰められたらしい。危難が去ったことに安堵(あんど)しつつも、改めて怪物の姿を確認したオットーは、戦慄せざるを得なかった。半人半獣の怪人。まるで、神話に登場する化け物だ。

のどかな郊外に、突如として謎の怪物が現れた。

このニュースは当初、国内外を問わず真剣に受け止められはしなかった。ネットを中心にフェイクニュースが飛び交い、プロの新聞記者さえウィキペディアの誤った記述を鵜呑(うの)みにするような世の中だ。牛頭の怪物なんてチープ極まりない題材が、何の疑いもなく受容されると考える方がおかしい。

狼(おおかみ)少年呼ばわりされたオットーや事件の関係者たちは、屈辱に歯がみしたが、それは、第二の怪物が出現するまでの短期間にすぎなかった。

同年七月十五日。

インドネシア・ジャカルタ市街で建設工事中だった高層マンションに、二体目の怪物が現れた。

マンションは若者の集まる繁華街に位置していたため、建設作業員たちをなぎ倒し大通りへ飛び出した怪物の姿は野次馬のスマホを介して瞬く間に全世界へ拡散されることになる。その姿、体型は、エスリンクに出現した個体と酷似していた。当初はフェイクニュースの第二弾か、映画の宣伝だろうとたかをくくっていた視聴者たちだったが、血まみれの作業員が怪物の右角にももを貫かれたまま引きずり回される映像の生々しさに、言葉を失った。

今回の被害者は、オットーほど幸運ではなかった。出動した国軍により怪物が射殺されるまでの間に、一名が死亡、十五名が重傷を負った。

生還した被害者たちが口々に訴えたのは、怪物が、明確な害意を持って人々を狙っているように見えるという話だった。

同月二十四日。

アメリカ・ニューヨーク、クロスビーストリートで閉館作業中だった美術館内に第三の怪物が出現、重傷者二名を出した後に射殺された。

翌八月十日、怪物は戦地にも姿を見せた。ロシア軍の撤退後、廃墟となっていたウクライナ・ドネツク州バハムトの病院施設で、ドイツのカメラマンが怪物に襲われ、急行したウクライナ軍部隊に救出された。怪物は程なくして駆除されている。

同月二十日、怪物は日本にも現れた。福島県の観光名所である会津さざえ堂の前に出現した牛頭は、幸いにして死傷者を出すことなく、近隣の猟友会構成員に射殺された。

最初の出現から半年が経過したとき、世界地図の怪物が出現したエリアを示す赤い色分けは、意味を失いつつあった。怪物は世界各地に出没している。当初は月に数回の頻度で姿を見せていた怪物は、徐々に発生頻度を増加させ、十二月一日の時点で五十八件カウントされていた。

いったい、この牛頭人身の怪物は何なのか。エスリンクの時点で、怪物の遺体は回収され、Ｄ

ＮＡ鑑定に回されていた、解析結果は、世界中を驚かせるものだった。

「遺伝子学上の区分は『牛』です。未知の生命体ではありません」

解析担当者は冷然と、事実だけを伝えた。

牛。会見の席に集まっていた記者たちが単語を繰り返す。牛、牛？

「牛です。鹿ではありません」担当者は真面目に補足する。「正確には哺乳綱鯨偶蹄目ウシ科ウシ亜科。人類によって家畜化され、様々な用途に活用されている生物と、遺伝子情報が一致しています」

「しかし、形態が全く違う！」

数秒経って、記者の一人からこぼれた言葉は、もっともな疑問だった。乳牛にせよ肉牛にせよ家畜化される以前のオーロックスにせよ、二足歩行ではないし、五本指でもない。

「鑑定結果は厳然たる事実です。おそらく入手した細胞片からｉＰＳ細胞を抽出し、受精卵と混ぜ合わせた場合、怪物ではなくありふれた畜産牛が生まれることでしょう」

「それでは、出現した怪物たちは、どうしてあんな姿になっていたのです？」

ＤＮＡ鑑定から読み取ることはできませんでした、と解析担当者はことわった上で、

「ＤＮＡを細工する以外の手法によって、改造されている。そう考えるしかありません」

そんな技術が存在するのですか？　記者数人の口から同時に飛び出した質問に対して、解析担当者ははっきりと告げた。

「私の知る限り、人類が未だ獲得していないテクノロジーです」

当然ながら、この会見は様々な憶測を呼んだ。

牛頭の怪物は、なぜ現れたのか？

子供から老人まで、大抵の人間が思いつく解釈。それは、人類を遥(はる)かにしのぐ科学力を有する何者かが、怪物を送り込んできた、というものだ。あるいは、ありふれた牛を怪物の姿へと変貌させた。

何のために？

大半の市民は、異星人が地球人を攻撃するために送り込んだ尖兵(せんぺい)だと予測した。

とあるスピリチュアル系環境保護団体のリーダーは、人類の手による自然破壊への報復行為だと解釈した。高名なＳＦ作家は、牛頭は手始めにすぎず、遠くない将来、他の動物や人間が改造されることになると警鐘を鳴らした。ありふれた陰謀論者たちは、対立する政治思想の持ち主が、自分たちを攻撃するために作り出した手先に違いないと主張した。

様々な論説が飛び交う中、怪物の出現頻度は増大する一方だった。十二月一日の時点で、任意にピックアップした二十四時間以内の平均出現件数は、全世界で〇・九八件。まもなく一日一件を超える。

この世の終わりだ、と宗教団体の幹部は語った。信心深くない人々も、その言葉を信じる他になかった。人類に対し、あからさまな敵意を持ち合わせているように見受けられる怪物が、日夜出現している。煙のように現れ、予測もできない。近い将来、人類はこの怪物に駆逐されることだろう。

結論から述べると、彼らの予測は杞憂(きゆう)に終わった。

発生件数は二〇二六年年明けの時点で、一日数件に増加していた。依然、怪物がどこからやってくるのかは不明のままで、世界中の治安維持機構や科学者を悩ませていた。

それでも、人類の大半が、気づき始めていた。この怪現象、思ったよりたいしたことないのでは？　と。

なぜなら――
怪物は、案外弱かったのだ。

第一章　怪物現象

京都市の南方に位置する眉原(まゆはら)市は、およそ三万五千人が住む平坦な土地だ。西方を流れる木津川(きづがわ)の堆積物を土台に構成された平野に宅地が造成され、京都市や宇治(うじ)市のベッドタウンとして栄えていたが、ここ十数年は全国的な人口減少のあおりを受け、衰退の一途を辿(たど)っている。

名産品もない。めぼしい観光名所もない。十数年前に誘致したショッピングモールはこの数年、経営不振が続き、およそ三割の店舗がシャッターに閉ざされてしまった。買い物客を増やすため、モールと隣接する位置に市議会議場と市役所を移転したものの、めざましい成果は得られていない。ありふれた地方議会に、興味を持って訪れる人間なんてごく少数だった。

利根川翼(とねがわつばさ)はこの街で市長を務めている。現在、最初の任期の二年目だ。就任当初は二十五歳になったばかりだったから、最年少の女性市長としてマスコミにもそれなりに注目されていた。市議会の定数二十四名をはるかに超える記者が議場を訪れ、傍聴席から放たれるフラッシュに眼をちかちかさせたのも、今となっては嘘(うそ)みたいな話だ。現在、議場に見える報道陣は数名しかいない。

それでもこの数日は、年平均に比べると賑(にぎ)やかな方だ。二〇二六年二月三日の市議会が少しばかり興味を集めている理由は、議題が例の怪物に関連しているからだった。昨年六月にオーストリアで出現した後、全世界を騒がせている牛頭の怪物。そいつがもしこの眉原市に出現した場合、どのように迎え撃つべきかについて、各会派の意見をまとめるのが本日の目的だった。

この数ヶ月、翼も手をこまねいていたわけではない。

世界各国で怪物に襲われた人々の証言をまとめ、無傷や軽傷で事なきを得たケースをピックアップして「怪物から身を守るには」というマニュアルを作成して市のホームページで公開している。

こうした対策では足りないとして、追加の方策を話し合うのが本日の議題だった。ようするに、吊し上げだ。市議会の最大会派である「眉原清流会」と二番手の「眉原革新党」が翼の施策を批判した後、それぞれ代替案を示す予定になっていた。

「当自治体の財政事情が、芳しいものでないことは事実です」

現在、翼の対面で声を張り上げているのは、眉原清流会の代表、清城知治。江戸時代の眉原地方で庄屋を務めていた旧家の末裔で、親族からは市議会議長や、市長も輩出している地元の重鎮だ。六十歳にしては若々しい黒髪をかきあげ、こちらを睨む鷹のような瞳は自信がみなぎっている。引退したヒットマンみたいだ、と翼は思う。その銃口はこちらを狙い澄ましている。

「しかし予算が潤沢でないとはいえ、注意事項を羅列したパンフレットを配布したところで、無力な一般市民は怪物への対抗手段を所有しておりません。従来の施策は、本質的な対応策ではなく、自治体も努力は怠っていないと周知するためだけのポーズに相違ありません」

言い終わった後で、清城は演壇の上に手のひらを押しつけた。

「そこで当会派から、予算不足を踏まえた上での対策を提案いたします」

発言に呼応するように、議場の照明がゆっくり明度を下げた。翼から見て背後の壁にあるスクリーンに電源が入る。かすかに黄ばんだスクリーンは、統廃合された隣町の議会から譲り受けたものだった。最初にパワーポイントが立ち上がり、猟銃の所持・発砲許可に関する各種法令を表示した。

清城は自らリモコンを操り、パワーポイントを切り替える。

「怪物に対してどの程度の人員と労力を割くべきか？　検討するための恰好の資料を入手いたしましたので、ご視聴願います」

「怪物との遭遇」という動画タイトルのサムネイルが映し出され、再生される。

「ハロー、視聴者のみんな。六体目の怪物に出くわした男、モーリス・ジガーとは俺のことだよ」

アメリカの警官服をまとった中年男が微笑んでいる。早口で流れる声は英語だが、画面の下部に字幕も表示されていた。

「俺があいつに出会ったのは、八月二十八日のテキサス州ウィルバレーの郊外だった……時刻は十七時を過ぎた辺りだったかなあ。俺は、相棒のジミーと一緒にバイクでパトロールを終えて本部へ戻る途中だった。ジミーときたら、朝からご機嫌斜めでさ。アイリッシュパブの新人ウェイトレスに入れ込んだあげく、ボーナスの半分を貢いじまってたことがワイフにバレたらしい。奴の右のほっぺには、くっきり青あざが残ってた」

笑いながら、モーリスは両手の指を組み合わせ、タコのように揺らめかせた。空ぜきを放った清城が、少しだけ動画を早送りにする。どうやら下品な意味合いのあるジェスチャーだったらしい。事前にチェックしていなかったのだろうか？　秘書とかに任せっきりなんだな、と翼は想像する。

「坂道でさ、跳ね上がった泥がメットの視界をふさいじまったもんだから、停車して汚れを落とすことにしたんだ。そこは丘の最高地点で、見下ろすと廃業したばかりの製鉄所が道路の左右に見える。俺はバイクのエンジンを吹かしたまま、メットを脱いで、グローブで汚れをこすった。

道路から眼を離したんだ。そのとき、ジミーがか細い声を上げた。『怪物だ』ってね。グローブの汚れを払いながら、俺は言ってやったのさ。『君のワイフが迎えに来たのかい？』ってね。

そしたらジミーは、『角が生えてる』と言った。だから俺は繰り返した。『つまり君のカミさんだろう？　まだお怒りは収まってなかったのか』ってさ。今度は絶叫が返ってきた。『違うっつってんだろ！　ニュースの！　エスリンクの怪物だ！』

俺はようやく道路へ視線を戻した。ネットや報道番組で飽きるくらい観た牛頭が、こちらへ向かって突進してくる。

俺もジミーも、すでにホルスターから拳銃を取り出し、そいつに向けて構えていた。そして大声で呼びかけた。

『フリーズ』我ながら間抜けな一言のようだが、無意味じゃあない。この時点でも俺は、目の前に現れたのがニュースを騒がせていた本物の怪物なのか、怪物のフリをした人騒がせなユーチューバーなのか判断をつけかねていたからだ。空気を読めない信じられないバカをやらかす奴が世の中にはうじゃうじゃいやがるからな。

怪物が、風を生む音がこちらまで聞こえるくらいの勢いで右腕を振り上げ、スピードを上げたので、迷わなくてよくなった。あれが着ぐるみだろうがなんだろうが、直撃されたら病院送りになるって想像できたからな。これなら発砲しても問題ない。

数秒後、最初に俺の、続いてジミーのシグザウエルＰ２２９が火を噴いた。牛頭は、リアクションが激しすぎるコメディアンみたいにのけぞり、のけぞったまま、まだ走り続けていた。下半身に上半身が引きずられるようなスタイルだったな。ずだだだ、と地面を踏みしめる音が聞こえる距離まで近づいてきたとき、ようやくそいつは止まり、仰向けに倒れてくれた。もはや着ぐるみを被ったユーチューバーでもないことは明白だったよ。よーく観察した結果、ジミーのワイフでもないと判明した」

警官は肩をすくめる。いかにもアメリカ人がしそうな仕草だった。

「ところでこの動画は、俺たちが怪物に遭遇してから三ヶ月が経過した時点で撮影しているものだ。なんでこんな中途半端な時期にって話だが、他の目撃者や被害者の動画がアップされているのを見て、俺も伝えておかなくちゃって考えたからなんだ。ようするに、怪物の危険性についてだな」

議場の中、衣擦れや靴の動く音が連続して鳴り響いた。ここまで知らないアメリカ人の独演会に付き合わされてうんざりしていた出席議員たちが、動画の本題に気づいた証だろう。清城の意図を、翼もようやく理解した。

「怪物に関しては、被害者も目撃者も色々だ。牛頭に知り合いが殺害されるのを目の当たりにした者、あっさり駆除されるのを横目で眺めていた者、フライパンと包丁で立ち向かった者……死傷の程度によってあの牛頭が、どれくらい危険な化け物なのかって見立ては当然、異なってくる。襲われてもいない人たちは、あれが人類にとってどれくらいの脅威と見なすべきなのか判断がつかないというのが正直なところだろう。その点、俺は警官で、それなりに修羅場も経験しているから、冷静な評価を伝えておくべきだと思った。州の科学調査班や生物学者が駆けつけるまでの間、化け物の死体を見下ろしながら、そいつについて俺がどんな感想を抱いたかって話だけどさ」

演出なのか、モーリスはしばらく口をつぐんだ後で結論に移った。

「『案外、たいしたことないな』これが嘘偽りない、俺の評価だよ」

警官は相好を崩した。

「童貞を卒業したギークみたいな感想で申し訳ない。でもそんな風に思ったのは嘘じゃない。理由の一つ目は、怪物がそれほど頑丈じゃあなかったって点だ。俺とジミーで一発ずつ怪物にぶちこんだ.３５７ＳＩＧ弾は、合衆国の警官が発砲を許されている弾丸の中では決して凶悪な方じゃあない。怪物は、こいつを眉間と胸に喰らうだけで死んじまった。アラスカに住んでいるジミーのおじさんは、狩猟の最中にグリズリーに襲われたとき、至近距離で脳天にライフルをぶっぱなしたけど、まるでぴんぴんしてたって話だ。それに比べると、怪物ははっきり言って脆い。

二つ目の理由は、牛頭の殺傷能力だ。俺が二十三年間の警察官人生の中で最高にヤバいと感じたのは、十一年前、ウィルバレーのハイスクールで発生した銃乱射事件だった。地元では今でも語り草になってるあの大惨事だ。当時、俺はスクールに敷かれた包囲網に加わっていたけれど、現場は悽惨そのものだったよ。犯人は身長百五十センチに満たない十六歳のガキだったにもかかわらず、父親のコレクションから持ち出したサブマシンガンで、射殺されるまでに担任教師とクラスメイト七人、警官五人をあの世送りにした。一時は犯人から十メートルの距離にいたせいで、六人目になってもおかしくなかった俺から言わせると、いじめっこへの恨みつらみをがなり立てながら、銃身を振り回すあのガキの方が、牛頭よりはるかに恐ろしかった」

モーリスは祈るように目を閉じ、首を左右に振った。

「ようするにあの牛頭の恐ろしさは、グリズリーやサブマシンガンを持ったティーンエイジャーに比べると、はるかにましなレベルだよって話なんだ。そりゃあグリズリーは前触れもなく街中に現れたりはしないけどさ、その辺を歩いている男が、突然雑踏に向けて爆弾を放り投げたり、銃弾をばらまき始めたりする程度なら、アメリカの、もしかしたら世界中のどの場所でも起こり得る素敵なイベントだろう？　だから断言するよ。あの牛頭は、日々、人類を脅かしている理不尽な暴力の中じゃあ、まだましな方だってね」

（本当に厄介だよなあ）

持参した資料集に挟まっている怪物の写真を、翼は指でつついた。

これがゴジラのような、警察や自衛団ではどうにもならないような超巨大な化け物だったなら、地方都市の市長に出る幕はなかった。特殊部隊や自衛隊に全てを任せ、自治体としては避難誘導のマニュアルを作成するだけで終わった話だろう。

しかし牛頭の怪物は、最先端のレーダーをもくぐり抜ける神出鬼没さこそ持ち合わせてはいるものの、テキサスの警官が断言したように、個体そのものの脅威度はそれほどでもない。そこそこ強く、油断すると死傷者を出す程度の厄介さだからこそ、市町村レベルでも対策を強いられる。警察任せで済ませるなよと、どの街でもせっつかれているのだ。

怪物は、案外弱かった。その中途半端さが、翼たちの悩みの種だった。


蛍の光が鳴り響いている。

二十一時の閉店を告げるショッピングモールのチャイムだ。店内で粘っている物好きな利用客を追い出すため、音量はそこそこ大きい。モールに隣接しているマンションの中まで聞こえてくるほどで、翼の住む四〇一号室も例外ではなかった。

市長に就任した直後から、翼はこの部屋で暮らしている。理由は単純なもので、市議会議場から近いからだ。正方形を描く。その上辺に、サイズを四分の一にした正方形を二つくっつけると、ショッピングモール・市議会議場・マンションの俯瞰図になる。大きな正方形がモール、左上が議場、右上がマンションの位置関係だ。議場は裏口から連絡通路がマンションへつながっており、下層階には市役所もあるため、通勤時間はほぼゼロ分。公僕にとっては、理想的な住まいだった。独身なので、手狭な間取りも気にならない。眉原の市議会議員の中に、このマンションの居住者がいないというのは信じられない話だった。

　怪物対策に関する議論は、翌日に持ち越されることになった。モーリス・ジガーの動画が予想以上に冗長だったため、会議時間をオーバーしてしまったからだ。本業や家事に追われる市議会議員も少なくないので、眉原市では会議規則で、十時から十七時を会議時間と定めている。動画が終わった直後がリミットだった。

　市長室で溜まっていた決裁を片付けた後、モール閉店とほぼ同時刻に帰宅した翼は、部屋着に着替えてソファーに横たわり、紅茶で一息ついた。仕事用のスマホでスケジュールを確認していると、電話がかかってきた。私設秘書の羊川からだ。本日の市議会に関する愚痴が口をついて出る。

「あー、今日もだるかった。もっと要点だけ話したら良いのに、無駄ばっかり」

「お疲れ様です」

「あの動画、別に要らなくなかった？」

「もう少し手短に編集するか、レポートにまとめた方が賢明でしたね」

　イヤホンの向こう側から聞こえる羊川の声は、アナウンサーのように透き通っているため、疲れた耳にも快い。翼より五歳年長の羊川葉月は、十代の頃から複数の政治家事務所でスタッフを務めてきた眉原市政のエキスパートで、翼にとっては単なる秘書と言うより教師のような存在だった。

「ジガー氏の動画、私なら三分の一に縮めますね」

「ジョークもつまんなかったしね」

「清城議員は、用意しながら冗長と感じなかったのでしょうか？」

「年寄りだからだよ。ジジババって話が長いでしょ？　脳みその、時間配分を整える機能が劣化してるんじゃない」

「その見解、人前では口にしないでくださいね」羊川の声が硬さを増した。「高齢者層の支持率が低下しかねません」

「わかってるって。お年を召した方々、って言い換えます」

「問題はそこじゃないですけど……それより明日の答弁、流れは把握済みですか？」

「十時から質問の続き。清城議員の質問に私が答えた後で、今度は革新党から岩緑議員の質問」

「清城議員は、どのような施策で攻めてくると思いますか」

時折、羊川は翼に対して抜き打ちテストを投げてくる。

市議会の首長に対する代表質問は、完全なアドリブではなく、あらかじめ大筋を通告してくれるのが慣例だ。ただし提出される質問通告要旨にどれだけ詳しく記すかは発言者の自由であるため、清城の通告要旨には、予算不足のため妙手を打てない怪物対策について別案を提示する、としか記されていない。答弁する側としては、ある程度推測を立てておかなくては醜態をさらすことになる。だからこそ、準備ができているかどうかを確認しておきたいのだろう。ぬかりのない家庭教師だ。

作成済みの答弁を、翼は口にする。

「たぶん、ボランティアだと思う。狩猟免許と猟銃の使用許可を取らせたボランティアで、対怪物の駆除チームを作って、市内を巡回させるってアイデアだよ。動画の前に、猟銃の所持・発砲許可に関する法令が表示されてたでしょう。あの条文を前提にした計画だろうね」

映し出されていたのは、基本的に住宅地での発砲が許可されていない民間のハンターでも、人命に危害が及ぶような状況下においてはライフル使用が許される余地があるという解釈を示した法令だった。清城が、警察ではなく一般の狩猟免許取得者をあてにしていることは疑いようがない。

「有償ではなく、ボランティアと推測する理由は？」

「清城さんは予算不足を前提に語っていたから、お金を出せというのは矛盾してる。だったらちょっとだけお金をかけるより、まるっきりタダにした方が、市民ウケはいいでしょ」

「この施策、清城さんはどれくらい本気でしょうか。市長を攻撃するためだけの空弾か、あるいは真剣に通したいのか」

「かなり本気」

「そう考える根拠は？」

「たとえお金は入ってこなくても、清城さんの仲間を喜ばせることにはなる。清流会ってようするに『お友達政党』だと思うから」

偏見かもしれないけど、と断った上で続ける。

「この二年で大体わかってきたけど、清流会は、地元のお金持ちや地主さんたちが味方してる。この人たちにとって有利な方向に市政を動かすのが、清城さんの仕事。ボランティアでハンターを集めるアイデアは、無償でも都合がいい。田舎のお金持ちに人気のレジャーと言えば、ハンティングだから」

「多少、強引な論法にも思われますが、清城議員が狩猟免許の所持者で猟友会に所属されているのは事実ですね」

「眉原を守る駆除チームだから、メンバーは地元に籍を置いている人間という条件に設定されてもおかしくない。その場合、清城議員の知り合いが集まってくる。あの人のお友達が、猟銃を担いで市内を巡回することになる。怪物を一匹でも退治できたら、チームの名声は高まり、彼らを取りまとめた清城さんの支持率も上がる」

ただでさえ資産家として地元に影響力を持っていた人々が、名声を手に入れてさらに力を蓄える。たとえ無償でも、成果は多大なものとなる。

「そんな風に想定した上で、清城議員の提案に対して、どう答弁するつもりですか？」

「様々なご意見の一つとして伺っておきます、で問題ないでしょ」

それしかありませんね、と羊川は同意してくれた。建前で流すわけではない。この段階ではその答えしかあり得ないからだ。市議会の代表質問は最大政党の清流会から始まり、二番手の革新党、以降、その他の小規模政党と繰り返されるため、最初の質問が終わった時点で結論を下すことは賢明とは言えないからだ。

「では、二番手の革新党党首、岩緑議員の質問に移りましょう。岩緑さんはどういう方向から攻めてくるでしょうか」

「途中までは、清城さんと同じだと思う。怪物に対して、マニュアルを作るだけで私は何もしないって批判した上で、駆除チームを立ち上げるべきだって話に持っていく。でも、ボランティアじゃない。有償のチームを提案するんじゃないかな」

「この財政難の中、あえて有償を選ぶ理由は？」

「こういうときにお金を注ぎ込むのが、岩緑さんの、革新党のプライドっていうかアイデンティティだから。岩緑さんは総合民営化主義の人でしょ？　世の中が混乱している隙をついて、お金で社会を変えるのが大好きなさ」

「『おそるべき総合民営化主義』を読みましたね」

感心するような羊川の声色だった。当選するまで政治経済の素人(しろうと)に近い状態だった翼に、この家庭教師は参考書として三桁にも及ぶ政治・経済の名著を奨(すす)めてくれた。カナコ・テーラーの『おそるべき総合民営化主義』もその一冊だ。

「社会を揺るがす大きな事件が起こると、役人も政治家も市民もものすごく不安になる。こういう状態のとき、危機を乗り切るには世の中の仕組みを大きく変えるしかありません、って吹き込まれると、何を、どんな風に変えるかよりも、変えること自体が正しいって思わされちゃう。その心理を利用して、それまで国や地方公共団体が担当していたサービスや施設を、できる限り民間に払い下げて、その過程で大儲けするやり方を好むのが総合民営化主義者。市役所や図書館の窓口が派遣職員なのも、市の保有地が年々、売却されているのも、この人たちの差し金なんでしょう？」

「おおざっぱですが、まあまあ正しい認識です」羊川の声は、引き続き嬉しそうだ。「世界中で正体不明の怪物が出没する現状は、大衆の不安をこの上なくかき立てますから、総合民営化主義の方たちにとっては恰好のボーナスステージでしょう」

「そう考えると、お金を絡ませないはずがない」

「予算不足はどうします？」

「岩緑さんは、大手の派遣会社数社と密接だって話だから、そっちに頼んで、お試しキャンペーンみたいなことを始めるかもしれない。狩猟免許持ちの警備員さんを、一定期間、無料で巡回させる。スマホもソシャゲも、お金がかからないサービスが始まるときは何とも思わないのに、そのサービスがなくなるって聞かされると不安になったりするでしょ？　きっと、市民もそういう気持ちになって、警備員がいないと安心できなくなっちゃう」

「その機会を見計らって、予算を警備員に回すよう要求するというわけですか」

　ありそうですね、と羊川は同意してくれた。

「明日の質疑で、どれくらい具体的な話を出してくると思いますか」

「無料で、警備員が巡回してくれるサービスがあったら頼りますか、までは訊いてくるかも」

　怪物に対して、何もしないという回答はあり得ない。財政難の中、身銭を切って警備を強化するか、ボランティアに頼るかの二択だ。清城と岩緑に対する答弁で、極端な選択肢は出揃うことになる。後に続く三番手以降の質問は、おそらく先の二つと似たり寄ったりだろう。市長としては、この段階で何らかのビジョンを示さなくてはならない。

「清城さんと岩緑さんの提案が、私の想像した通りだったとして、私の施策にどう反映させるべきか……アイデアはある？」

羊川の意見も聴いてみたい。そのための私設秘書なのだ。

「両方採用してはいかがでしょう」少し間が空いた後で返事があった。「ボランティアと派遣会社、どちらも怪物に対する戦力になるという点は変わりがありませんし、片方を締め出す理由はありません」

「その発想はなかったなあ」翼は感謝していた。やっぱり、自分一人の脳みそでは限界もある。

「でも、どっちつかずの印象にならない？」

「市民には評価されないかもしれませんが、清流会や革新党の評価も据え置きになります。どちらかを採用するのだったら、市民は、片方に感謝して尊重するでしょうが、ガードマンが二種類現れた場合、ありがたみは薄れるはずです」

「そしたら、日和見に思われないような答弁を考えておかないとね」

予習はこれくらいでいい？　と告げて、翼は通話を終えた。

終話した後、翼はソファーの上で仰向けのまま、壁に視線を動かした。ハンガーには、さっきまで着ていたパンツスーツが吊り下げられている。ダークグレーのスーツは翼のスレンダーな体型にぴったり吸い付くようで、写真映えもするお気に入りだけど、元々は、公務のために買ったものではない。

数年前の自分に、将来あなたは市長になる、と教えても、きっと信じてくれないだろう。その頃の翼は、市政になんて全く興味のないベーシストだった。

スマホが当たり前になり始めた時期にティーンエイジャーだった翼は、ユーチューブ動画でロックに興味を持ち、大学の軽音楽サークルで知り合った仲間とバンド活動を始めた。バスを乗り継げば二十分程度で遊びに行ける位置にあった京都市のライブハウスが、翼たちのホームグラウンドだった。

ベースを選んだのは、とくに深い理由があったわけでもない。最初に結成したスリーピースバンドの残り二名が、ギターとドラムだったからだ。それでも音楽に無関心だった頃は「弦が少ないギター」にすぎなかったこの楽器の奥深さを知った翼は、セッションを重ね、場数を踏む内に評価を得るようになる。ただしその評価は、「どんな演奏にも適度に合わせてくれる」という種類のもので、オリジナリティに関する判定は散々だった。

あるとき、作曲センスを試したいと思い立った翼は、自分が心の底から気持ちいいと思う一曲を作り上げて、動画サイトにアップした。しばらくして書き込まれたコメントは、「気持ちが悪い」「吐き気がする」「倒れました」「インコが気絶した」「弦をごりごりごりごり鳴らしているだけで、音楽ですらない」等とびっくりするくらいネガティブな内容だった。

「すごいな君は、不愉快な音楽を生み出す天才だ」

しばらく後になって、そこそこ有名な音楽プロデューサーに楽曲を聴いてもらえる機会があった。その人は、一曲聴くなり、手を叩いて賞賛してくれた。

「下手とかそういう問題じゃない。音程はしっかりしている。演奏もまずまずだ。それなのに、聴くに堪えない。君は他人を不快にさせる音楽を奏でる才能がある！」

その才能は大事にするべきだ、とPは太鼓判を押した。いつか、音楽に対する価値観がひっくりかえったとき、君は評価されることだろう。ただしそれは間違いなく今じゃない。たぶん、君が生きている間には訪れないだろうから、好みの楽曲で生計を立てるのは諦めなさい。

そういうものか、と納得した翼は、オリジナルで名を馳せることは諦め、パート担当に専念するようになった。演奏する行為自体が楽しかったから、それで構わなかった。

二十四歳のとき、翼が数年間在籍していたバンドに、メジャーデビューの話が舞い込んできた。きっかけは、眉原で企画された町おこしだった。廃業した酒蔵をライブハウスに改造する計画が立ち上がっており、オープニングアクトを地元のバンドに任せることになったのだ。翼のいたバンドはたまたま全員が眉原在住だったため、白羽の矢が立ったらしい。皆、音楽活動のみでは賄えない生活費をアルバイトに頼っていたから、これで収入が増えると喜んだ。

ライブ本番を目指して練習を繰り返していた翼たちに、町おこしの主催者から連絡が入った。ライブハウスに出資してくれる地元の「えらい人」たちに挨拶をしろという。呼びつけられたのは、ショッピングモールでも一番値の張る和食料理店だった。貸し切りの店内に、赤ら顔の老人が座っていた。老人の取り巻きが翼たちの前にやってきて、老人にお酌をすることを要求した。

翼たちのバンドは、メンバー全員が女性だった。

要求は、酒を注ぐだけで終わるのだろうか。それ以上の行為を強いられるのだろうか。「えらい人」の周りには、レコード会社の女性社員や芸能プロダクション所属のモデルも集まっており、老人は彼女たちの肩を触って笑っていた。

男尊女卑の歴史とか、フェミニズムとか、そんなに詳しいわけじゃない。

ただ、翼は思った。

ロックじゃない。

隅から隅まで理解しているわけじゃなかったけれど、ロックじゃないと直感した。

そこで翼は演奏した。ベースをごりごりごりごりとかき鳴らした。百パーセント趣味に走った音色だった。三十秒も経たないうちに、宴席は悲鳴に包まれた。

メジャーデビューの話は立ち消えになり、えらいおじいさんは体調を崩して入院した。翼はバンドからも追放された。メンバーやマネージャーの一部は、おじいさんたちにお酌することを半分、受け入れていた様子だったから、翼の独断は裏切り行為に見えたのかもしれない。せっかくのチャンスをぶちこわしにした、と涙ながらに罵倒された。

収入も交友関係も途絶えてしまった。翼はなんとなく訪れた木津川の畔(ほとり)で途方に暮れていた。ふと、川魚が眼に入る。この前みたいにベースを奏でたら、魚が浮かび上がってこないだろうか。食費の足しになるかもしれない。

フレットに手をかけたとき、スーツ姿の女の人が隣にやって来た。後ろにまとめた黒髪と茶色いフレームの眼鏡が、いかにもしっかりした社会人という佇(たたず)まいだ。

「練習、こんなところでするんですか」

最初、自分に話しかけていると気づかなかった。

「あ、違います。魚を捕ろうとしてたんです」

「はあ、魚ですか。今日はお休みなんですか」

「ずっと休みです。バンドは追い出されました」

「後悔していますか」

ようやく思い出す。この人、この前の宴席で見かけた人だ。大半の出席者が音の害毒に苦しんでいた中、この女の人だけは耳を押さえながらも、興味深そうにこちらを眺めていた。

「あのとき、媚(こび)を売らなかったこと、後悔していますか」

重ねて投げかけられた問いに、翼は首を横に振る。

「しかし、そのせいであなたは仕事も、仕事のお仲間も失ってしまいました。本当に、悔やまないのですか」

「全然」強がりではなく本心から言う。「あの人たちは、私の思うような仲間じゃなかったから、いなくなってもなんともないです」

「残酷ですね」リムの下で、形のいい眼が細められた。

「利根川翼さん、あなた、政治家になってみませんか」

「正気ですか？」

「本気です」力強い声が返ってきた。「翼さん、あの宴会であなたが目の当たりにした醜態は、地方都市の縮図です。昔から住んでいるというだけで年寄りが幅を利かせているかと思えば、都会の人間が自分たちに都合のいい儲け話を持ち込んでくる。若者は搾取され、便利に使われるだけ……」

「興味ないですけど。別にいいじゃないですか」

このときまで翼は、政治というものについて真面目に考えた覚えがなかった。選挙も天気の日だった場合だけ投票所に足を運ぶくらいだ。

「どうでもいいと思っていたなら、あのとき浴びせた音の暴力はどういうわけですか」

暴力……ちょっと心外だったが、

「あの人たちをこらしめるつもりだったとしても、それが政治に向いてるって話になりますか」

「なりますとも。破壊です。権力に臆しない人間こそ、公僕にふさわしい。あなたが上に立って、気に入らないものを片っ端から壊してしまいましょう。若いあなたが前線に立つことで、同年代の関心も高まります。若年層の投票率が上がれば、政治は確実に新しいものになる」

すらすらとまくし立てた後、彼女は思い直したようにスーツのポケットを探る。

「申し遅れました。私、こういうものです」

手渡された名刺には、「眉原革新党党首　岩緑篤（あつし）　私設秘書　羊川葉月」と記されていたが、

「少々お待ちください」

翼が手を伸ばす前に一旦引っ込めて、サインペンで修正している。再び突き出された名刺は、眉原革新党党首と岩緑篤の文字が塗りつぶされ、別の名前が記されていた。

利根川翼私設秘書　羊川葉月

「本日より、一日八時間をあなたに捧（ささ）げます」

政治なんてわからない。地方自治とか世代格差とかもさっぱりだ。

ただ、翼は思った。

この人、ロックだ。

政治家と言っても色々だ。当初は羊川の奨めにより、投票日を近日に控えていた市議会議員に立候補するつもりでいた翼だが、突如、高齢の現職市長が体調不良を原因に政務を退いたため、先に市長選挙が行われることになった。すると羊川は、出馬先をそちらへ鞍替（くらが）えするよう翼に提案したのだ。すでに有力会派である清流会と革新党が独自候補を立てており、彼らのどちらかが次の市長になるだろう、というのが一般的な見立てだった。

「私って、きっと泡沫（ほうまつ）候補ってやつだよね」

預金通帳を頭に思い浮かべながら翼は言った。

「やめといた方がよくない？」

立候補には、百万円の供託金を支払う必要がある。得票が少なかった場合、供託金は没収されてしまう。

「なんとかなるかもしれませんよ?」しかし羊川は、謎めいた微笑みを浮かべた。「とんでもない間違いが起こるかもしれないのですから、確率はゼロではありません」

「そんな、楽観的な……」

ところが、羊川の言う、とんでもない間違いが起きてしまったのだ。それも立て続けに二件。清流会と革新党それぞれが推していた候補者たちに関して、スキャンダルと汚職疑惑が発覚した結果、両候補ともに出馬を取りやめてしまった。残されたのは泡沫候補のみ。その中でも、比較的若く、元ミュージシャンという変わった肩書きを持つ翼に票が集まったのは、自然な成り行きだった。

ネットの開票速報を眺めながら、翼はロト6に当たったような気分だった。選挙本部さえ用意せず、ファミレスで成り行きを見守っているような自分が首長の座に王手をかけつつある。正直、舞い上がっているが、向かい側の羊川は、動揺しているようには見えない。

「これ、知ってたの? だから出馬を奨めた?」

「どうでしょう」

涼しい顔をしたままの私設秘書が、最近まで革新党党首・岩緑篤の秘書だったことを翼は思い出した。

「まさか、羊川さんがリークした?」

その問いに対しても羊川は無表情を崩さず、

「眉原市政の歴史上、政党から支援を受けずに当選した市長は三十年ぶりです。近年の市長は、清流会か革新党、どちらかが後ろ盾でした。間違いなく、利根川さんは孤立します。二大政党からかわりばんこにパンチを食らうでしょう」

そこまで予想済みなら、どうして出馬を奨めたの、と言い返そうとして、翼は理解する。この敏腕秘書は、破壊者を探していたのだ。有力政党と懇意になってしまったら、どうしても遠慮が生まれてしまう。そうさせないために、こういう形で当選させなければならなかった。

「明日から、茨の道ですね」そんな風に告げながら、羊川は珍しく微笑みを見せた。

「ですが、たかが茨です。全部踏み潰していきましょう。新市長」


二月四日十九時。市議会を終え、公務を早めに切り上げた翼は、マンションで夕食を摂っていた。家事をしたくないくらい疲れている日も、ショッピングモールのレストランフロアからテイクアウトできるので、献立には困らない。イタリアンレストランから調達したドリアセットを二つ、テーブルに載せる。向かい側には羊川が座っていた。同じマンションの二フロア下に住んでいる羊川とは、公務の後、反省会や予習を行う機会を時折設けていた。

「予想通りだったね」

スプーンでチーズをかきまぜながら翼は言った。「清城さんと岩緑さん、どっちの代表質問も、予習そのままでびっくりだよ」

「利根川さんもわかってきたようですね。政治屋の考え方を」

ドリアを攻める前に、羊川はミルクティーの缶を口にしている。

怪物に対処するパトロール要員として、清城は猟友会からボランティアをスカウトするというアイデアを、岩緑は派遣会社の協力を得て、無料同然でスタッフを配備するというプランを披露した。予習通り、翼は「様々なご意見を伺った後、熟考した上で、単独ではなく複数の施策を実行する」と答弁している。

それだけなら子供の返事とそしられかねないので、翼はそれぞれの計画について、採用した場合のメリットとデメリットを並べておいた。適当に答えているのではなく、内容は理解していると示したのだ。そのため強い追及を受けることもなく、議会は終了した。

「私、ちゃんと破壊してる？」

ふと翼が口にした言葉に、羊川が眉をひそめた。

「羊川さん、壊して欲しいって言ったじゃん。でも今の私は、議会にも慣れて、穏便に流すこともできるようになった。それって、期待外れじゃないの」

「破壊を求めると言っても、議会でベースを演奏して欲しいわけじゃないんです」

「来週くらい、やろうと思ってたんだけど」

「……恐ろしいですね。もっと制度や因習といった、目に見えないものを壊したいのですよ。肝心なのは、若いあなたが市長の座にあり続けてくれることです」

「若いって、もう二十七ですけど」

「芸能界はともかく、政治の世界なら充分若手です」

確かに新聞やウェブのインタビューでも、いまだに若手扱いだ。所属するジャンルによって、若者だったりそうでなかったりと扱いが変わるのは、理不尽に思われなくもない。

「怪物に対抗しようなんて思っちゃダメですよ」

羊川の指摘が痛かった。

「それは……少し、あるかもしれない」

世界各地で怪物が出没し始めたとき、翼は怪物が世の中をめちゃくちゃにしてくれるのではないかとちょっとだけ期待していた。望んで手に入れた市長の地位だけれど、興味のない催し物に楽しそうな顔で参加したり、たいして重要とも思われない出来事の折衝に努めたりを繰り返す内に、どこか磨り減って、変化を求めてしまう。自分が変化をもたらすべき立場なのに、より大きな存在がしがらみをめちゃくちゃにしてくれたら、と無責任に願ってしまうのだ。

けれども、怪物はゴジラではなかった。どうにかなる存在だった。

数年前の感染症と同じだ。最初は世界を脅かすモンスターとして現れたとしても、次第にマニュアルが整い、日常のルーチンワークに組み込まれてしまう。人類滅亡には遠い。

「政治、慣れる一方で、つまらなくなってきましたか」

責める風でもなく、羊川は自分のスマホを眺め始めた。「とはいえ明日は面白くなりそうですよ」

翼はうろ覚えのスケジュールを思い描く。明日も議会を招集する予定だが、とりわけ目立つトピックがある日ではなかったはずだ。

「議会の前に、オフレコでお話しできないかというお誘いが届いています。清城議員と岩緑議員から」


二月五日午前八時、市役所の小会議室で、翼は清城議員との非公式な会談に応じていた。

政治家同士で何かを決断したり話し合ったりする場合、わざわざマスコミを呼んで、考えていますよ、相談していますよ、とアピールすることが多い。これを「公式の」会談と定義した場合、マスコミを通さず、単純に会うことを「非公式」と表現する。まず「非公式」で最低限のすりあわせを済ませた後、「公式」に移るというのが政治家のやり口らしい。少なくともこの眉原市では、そういう手続きが繰り返されている。

まだるっこしいと思いつつ、翼は誘いに乗った。二大勢力の党首が、同時にアポイントメントを求めてきたという部分が興味深い。

主に小規模な委員会の会合や、市職員の講習会に使用される第一小会議室は、横長のスチールデスクと、パイプイスが整然と並ぶ殺風景な空間だ。その一角に、四人の男女が顔をつきあわせている。ブラインドを下ろした窓際の席に翼と羊川が、その向かい側に清城と、彼の秘書が座っていた。清城の秘書は男性で、顔立ちがどことなくボスに似ているので、血縁関係があるのかもしれない。

非公式の会合で、翼と同席するのは基本的に羊川一人だった。自治体の首長である翼にとって、秘書と呼ぶ役職の人間はもちろん羊川だけではない。ただし公設の秘書は市の秘書課に在籍する公務員だから、現在のような内緒話に連れてくるのは、法律違反とまでは言えないにせよ、誘いづらいのだ。

「お時間をいただいて申し訳ない」

腰を下ろした後で清城は軽く頭を下げた。若輩者相手に、こういう謙虚さが油断ならない、と翼は警戒する。

「少し先の話になりますが、福島在住の辰吉(たつよし)君という猟師に、市議会で質問をする機会を作っていただきたいのです」

翼にも聞き覚えのある地名と名前だった。

「もしかして、日本で初めて怪物を仕留めた人ですか」

「ええ、ご存じでしたか。実は辰吉君とは大学の狩猟部時代に知り合った長年の友人なんですよ」

清城は唇の端を上げた。

「ここだけの話、辰吉君はちょっとばかり生活費に事欠いている様子でしてね。私から、余っている弾薬や部品を回してあげていたのですよ。そんな辰吉君のいた地域で、怪物が現れた。これまで吹聴こそしませんでしたが、実はわが国で初めて怪物を沈めた銃弾は、私が提供した代物だったのです」

言わば私のサポートで怪物を倒したようなものですよ、とご満悦の様子だ。

「それを恩に着せる、というわけでもありませんが、怪物を打倒したときの経験を議会で直接話してもらえたら助かるなあ、と。来月の初めくらいに、お時間をいただいてよろしいですかな」

「こちらとしては、問題はないと思います。経験者の話なら、ためになると思いますし」

というより、モーリス・ジガーよりそっちの話を先にしてもらいたかったくらいだ。

「非公式のご相談というのはこの件ですか？」

羊川が首の角度を三十度くらい傾けた。

「失礼ながら、内密に許可を取るべき案件とも思えませんけれど」

「いえいえ、辰吉君の話は、今思いついたアイデアです。本題はこれからですよ」

清城は声のトーンを少しだけ下げた。

「十時から議会も控えていることですし、率直に申し上げましょう。本日の議会で、私は岩緑君に関する醜聞を公表する予定です」

翼が本日の質問通告要旨を思い出そうとしていると、横合いから羊川がスマホを突き出した。要旨が表示されている。「眉原市の現状に関する市長の認識について」という、解釈次第でどんな質問にでもできそうな文字列だ。

「あくまで本日の予定は代表質問ですから、私が市長に対して、『こういう疑惑が岩緑党首に立ち上がっておりますがご存じですか』と確認する形で切り出すつもりです」

「具体的に、どういうスキャンダルなんですか」

「それは申し上げられません。二時間後をお楽しみに」

「ご親切にもわざわざ予告してくださるのはどうしてですか」

「醜聞の内容が、世間を騒がせるものだからです」

愉快そうに眉を上げ、清城は胸を張った。

「新聞だと、全国紙は微妙ですが……地元の新聞は、間違いなくこの話題一色に染まるでしょうな。市役所や市議会に、マスコミがどっと押し寄せるはず。最低でも、心の準備くらいはしておいていただきたいのですよ」

八時半に、清流会党首たちは会議室を出て行った。翼たちはこれから別の階にある第二小会議室へ移動して、九時から岩緑と面談する予定だ。わざわざ部屋を替えたのは、万が一話が長引いた際、清城と岩緑を鉢合わせさせるのはまずいかもしれないという配慮によるものだった。

八時五十分に部屋へ入る。九時きっかりに岩緑はやって来た。こちらは秘書を引き連れていない。

革新党党首の顔を見た時点で、さっきの予告を知らないんだな、と翼は判断した。顔色がいい。清城が告げたようなとんでもないスキャンダルが明るみに出ると予測していたならば、もっと憔悴(しょうすい)しているか、少なくとも恥じ入っているフリはするはずだ。けれども、岩緑の表情は普段と変わらなかった。

先月、四十二歳になったばかりの岩緑篤は、清城のように高級ブランドのスーツはまとわず、比較的安価な若者向きのブランドに身を包んでいることが多い。腕にも高級時計ではなく、スマートウォッチ。ツーブロックの頭は専属へアメイクでもいるのか、いつもきれいに整っている。マスコミに露出の多い起業家を思わせる風貌だが、実際に岩緑は、大学卒業後、ベンチャー企業で成功を収めている。派遣職員に関する規定が緩やかになった時期に彼が立ち上げたアウトソーシング企業は、業界十二位の大手へと成長した。現在は社長職を退いたものの、コネクションはある程度維持しており、市の公共事業の内、民営化されたものの何割かは関連企業が引き受けている。

経歴を誇るかのように、岩緑の表情は常に自信に満ちあふれている。胃がんを患い、昨年の年明けから先週まで休職していた上に、現在でも病室から出勤しているとは信じられないくらい色艶のいい肌だ。むしろ闘病生活から復帰の目処（めど）がついたことで、修羅場をくぐったすごみというか、人間力の類が増大したようにさえ思われる。

翼は意地悪な想像にとらわれてしまう。一時間後、スキャンダルってやつが炸裂（さくれつ）したら、どんな顔に変わるんだろ？

「やあ羊川さん、元気にやってる？」

翼と丁寧な挨拶を交わした直後、岩緑は羊川に向かって笑いかけてきた。最初に会ったあの日まで、羊川は岩緑の私設秘書だった。突然ボスから離れ、ボスの政党を無視して泡沫候補を当選させたのだから、恨まれてもおかしくはないのに、岩緑の口調に敵意は全く感じられない。

「やっぱり大変なんじゃない？　同じ私設秘書でも、市長と一介の議員じゃ、情報量もプレッシャーも段違いだろうからさあ。しんどくなったら、うちに戻ってきてもいいんだよ」

「結構です」羊川はにべもない。「仕事も、市長との関係も順調ですから」

「本当かなあ？」岩緑は翼の方へ顔の向きを転じ、右手を顔の横に上げて、内緒話のポーズを作る。

「この人、抱え込むタイプだから、あまり無理はさせないでくださいね」

間違った評価ではないと感じたものの、ペースに乗せられそうなので、「そうですかねえ」と曖昧に流しておく。時間がないので、早く用件に入ってもらいたかった。

「まあ、僕も人のことは言えませんけどね。晴れて退院できたら、空気の良い土地に別荘でも建てて、そこから通勤しようと思ってるんですよ。眉原全体が田舎と言えば田舎ですけどね、やっぱり自然に包まれた土地の方がおなかにも優しそうですし」

「場所は決めておられるんですか」

興味はないけど、流れで訊くしかなかった。

「京都市との市境近くに、昔有名だった資産家の別荘跡地があるんです。そこを復元するのも面白いかなあって」

「そろそろご用件に入っていただけないでしょうか」

言いにくいことを秘書が口にしてくれた。元・ボスに対する気安さだろうか。

「予告しておこうと思ってね」岩緑は姿勢を正し、少し小声で、

「本日の議会で、僕は重大情報をぶちまける」

常々ポーカーフェイスが上手いと言われている翼だが、このときばかりは顔に出ていないか気が気ではなかった。

「重大情報と言うと、汚職問題のようなものですか」

清城が使っていた「醜聞」という言葉をあえて外した上で、翼は訊いた。

「極めて重要な事実が判明したかもしれないという報告です」

答えになっていない。表現が変わっただけだ。

「前もって市長にお伝えできるのはここまでです。この件は、少なからず反響を巻き起こすと予測できますので、ご留意いただきたい」

清城と同様に、詳しい内容は話してくれないらしい。

「怪人関連ですか？」

かまをかけてみる翼だが、

「一時間後にお話しします」

またね、と羊川に手を振り、革新党党首は会議室を出て行った。

九時三十分。第二小会議室に居残ったまま、翼は手に入れたばかりの情報を吟味している。情

報というより匂わせに近い曖昧なものだが、気になって仕方がなかった。

「これ、ひょっとして刺し違えるんじゃない？　清城さんと岩緑さん」

翼の予想に、羊川は眼を細くした。

「清城議員は、岩緑議員にとって致命的なスキャンダルを公開すると教えてくださいました。岩緑議員も同様だと？」

「岩緑さんの方はもっとぼんやりした予告だったから、無関係かもしれないけど、タイミングが合っているのが気になる」

「どちらが先かはわかりませんが、自分の醜聞が暴露されそうだと察知して、それなら相手のスキャンダルも……という流れですか」

「ありそうじゃない。だったら、なにもしなくていいか」

翼にとっては、厄介な勢力の二大巨頭が揃って失墜するのだから、非常に都合がいい。

「これ以上推し量る材料もありませんから、様子見しかありませんね。強いて挙げるならば、マスコミ対策でしょうか」

発表内容によっては大挙して押し寄せてくるとも考えられるので、市議会や市役所周辺に待機スペースを準備しておいた方がいい。うってつけのポイントを、翼は頭の中でピックアップする。

雑念が割り込んできた。

「全然違う話になるけどさ」

以前から気になっていたことを、この機会に確認しておこうと思った。

「羊川さんって、付き合ってたの？　岩緑さんと」

「違います」

普段よりもかなり硬い声が返ってきた。

「それ、同性でもセクハラになりかねませんから気を付けてください」

「それはごめん。ちょっとそうかなって思っただけ」

「人間として尊敬する部分がなかったら、交際なんてできません。彼は問題外でした」

「でも、そんな岩緑さんの下で働いてはいたわけだ。どこに惹かれて、どこに失望したの？」

「この街を変えてくれるかもしれないって期待したんですよ」

私設秘書は、自嘲するように天井を見上げた。くすんだ色の蛍光灯がかすかに点滅している。

「以前にも話したかもしれませんけど、私は学生の頃から色々な市民運動に参加していたんです。どちらかと言えば、国家レベルじゃなくてミニマムな問題に取り組んでいました。水路の整備とか、ガードレールの補修とか……とくに気になっていたのが、老朽化した郷土史料館でした」

眉原市郷土史料館は、かつて東の市境近くにあった公共施設だ。博物館と図書館が一体化したような建物で、街の変遷を知る手がかりとなる遺物や古文書、行政文書が丁寧に保管されていた。翼も記憶している。市が最初の財政難に陥った際、税金の無駄な使い道としてやり玉に挙がったのが、この郷土史料館だった。大半の市民が一度も訪れたことのない施設だったから、廃止にして土地を売り払うべきという意見が唱えられ始めていた。このようなケースでは、保守派の清流会が擁護に回る場合も多かったが、清流会の支持者も郷土史料館を活用してはいなかったため、清城たちも鈍い対応しか取らなかったのだ。

「あのとき解決策を提示したのが、当時、党員数を増やし始めていた、岩緑議員率いる革新党でした。史料館自体は廃止にするものの、保有していた古文書や遺物を市立図書館に移管して、郷土史料コーナーとして存続させる案を打ち出したんです。この頃、岩緑党首の秘書を務めていた私は、ハコモノこそ廃止するものの、重要なコンテンツは散逸しない、優れた解決法だと信じていました」

「ちがったの？」

「史料館が廃館になってから三年後のことでした。岩緑議員の事務所に、ある研究者から抗議の電話がかかってきたんです。確か、建築を研究されている博士だったでしょうか……その方のお話によると、以前に史料館で参考にさせてもらった古文書の大半が、図書館で請求したところ、行方不明になっていた、と」

「建物を壊しただけで、古文書自体は廃棄しなかったんじゃなかった？」

「史料館の職員は、長年地域史の研究に取り組んでいる眉原市史のエキスパートで構成されていました。彼らはこの地方でしたためられた文書の取り扱いに精通していた。私も抗議を受けて初めて知ったのですが、ほんの数十年前の史料であっても、記録した人間や文化の違いによって略称や崩し字等は様々なので、その地域の専門家でなければ表紙さえ読み取れないようなケースも出てくるらしいのです。そのスペシャリストたちが、図書館には残っていなかった。史料館が廃止になった時点で、解雇されてしまったんです。理由は、人件費削減のため」

「ああ、派遣職員に替えちゃったんだ」

　翼にも事情が理解できるようになった。この三十数年間で、公共施設のスタッフの大半が、公務員から派遣職員に切り替わっている。これは眉原市だけでなく、全国的な話だ。

　派遣職員の給料は、基本的に正職員よりも安く設定されているため、人件費を節約できるからだった。だが経費節減に伴う弊害も、当然指摘され始めている。

「史料館に勤めていた人たちのノウハウは、図書館に引き継がれることはなく、ただ、解読の難しい史料ばかりが残された。史料館や博物館というものは、コンテンツだけではなく、それらを扱うプロフェッショナルがいてこそ成り立つものだと理解されていなかったのです。さらに保管された史料は、数年ごとに保管を継続するか、不要物と判断して廃棄するかの調査を行うことになっています。これも担当するのはノウハウを持たない職員になりますから……」

結局、貴重な郷土史料の大半が廃棄されてしまったのだと言う。

「クレームを受け付けてから、私はこの街で革新党が進めてきた政策について調べ直しました。すると、どこでも同じだったんです。市民があまり興味を持っていない施設や施策に関して、民営化を推し進める。受注先は、党首や関係者と昵懇（じっこん）にしている企業ばかりでした。民営化したらそこで終わり、後々のフォローは一切行わない。元々、人々に重視されていない施設だから、問題は、ほとんど発覚しない……」

羊川が、ここまで感情を露（あら）わにするのは珍しかった。唇を噛（か）み、過去を睨むように両目を大きくしている。

「歴史より今を生きる人間の利益を重視するべきだという意見にも一理あることは認めます。けれども、地域の代表として、守り通すべき事柄も確かに存在するんです。クレームを入れてきた研究者のように、眉原の歴史に興味を抱き、何かを見出（みいだ）そうと考える人が現れたとき、その想いに応（こた）える部署が消滅してしまった。それは眉原市にとって多大な損害だというのに、岩緑議員はまるで顧みない。だから私は、彼にも、革新党にも見切りを付けたんです」

「だからと言って羊川さんは、保守系に乗り換えようとはしなかった」

翼が指摘すると、彼らも大差ないですから、と秘書は吐き捨てた。

「清流会も、郷土史料館を守り抜こうとはしなかった。彼らの支持者が、切実に史料館を求めてはいなかったからです。本質的には、清流会も革新党も同穴なのですよ。票田を得るために支持者の顔色を窺（うかが）い、支持者が興味を示さない事柄には本腰を入れない」

眉原清流会のお仲間は、地元の地主や資産家たち。眉原革新党のお友達は、近年、市の公共事業に参入してきた大企業。仲間内で利益を配分することで権力基盤を広げようとしているという意味では、確かに同類と言える。

「どんな政治思想や主義主張を持っているにせよ、政治家は特定の団体と仲良しになるべきではない、というのが私の持論です。政策はハンドルのようなもの。どの方向に切るべきかは、その都度判断を行う。ハンドルにお友達がぶら下がっていたら、舵取りが鈍ってしまいます」

すうっと無表情に戻った羊川は、形のいい人差し指を翼の方へ向けた。

「そこで、あなたに着目したわけです。友達のいないあなたに」

ここまでいい話だったのに最低の結論だ。

「ひどいな友達くらいそこそこいるってば」

「でも、いざとなったら簡単に切り捨ててしまえる」

人差し指を左右に素早くスライドさせる。「そういう残酷さを持ち、無党派層が票を投じたくなるような物珍しさも備えているあなたなら、市政を変えてくれるのではと期待しているのです」

「それはどうも。でも、変えるどころか壊すことだってままならないよ。羊川さんの望み通りになる日なんて、いつ訪れることやら」

ぼやきつつも、翼は本日の成り行きに少しだけ期待もしている。

二大勢力のトップが、議会で何か、重大事を発表すると予告している。どういう内容なのか絞り切れてはいないけれど、場合によっては清城と岩緑の双方が、政治的に重大なダメージを負うとも考えられる。

そうなったら、影響力を拡大できるかも。このときの翼は、そんな風に楽観視していた。

（どうなってるの、これ）

十時五分。市議会議場に隣接している控え室で、翼は宙ぶらりんの心地だった。イスに腰掛けたまま、何度も腕時計に視線を落とす、控え室は議場に通じている方とは反対方向にも入口があり、廊下を進んだ先の階段は、市長室のある市役所四階と直結している。さっきから羊川を始めとする秘書や職員が、何度もドアを開き、報告に訪れていた。

「だめです。まだ見つかりません」

十時七分。羊川が入ってきたのは、これで四度目だった。

「男性職員を走り回らせて、市役所やモール内、全てのトイレで声をかけさせたのですが、返事はありません。体調不良というわけではないのかも」

「珍しいよね。こういうの。私が市長になってからあったっけ」

「私の記憶する限り、この十数年で岩緑議員は一度も遅刻されていません。病欠の際も、しっかり届けは出しておられました」

そういえば、岩緑は入院中の身だということを翼は思い出す。

「ひょっとして、体調が悪化して病院へ戻ったとか？」

「そちらも確認済みです。誰も見かけていないとのこと」

羊川が控えめに首を横に振る。

少しだけ腰を浮かし、翼は議場へつながる入口に眼をやった。閉じたドアの先からも、当惑が漂ってくるかのようだ。

議員の欠席や遅刻自体は珍しいものではない。親族の法事で休みを取ったり、本業の繁忙期という理由で欠席したりするケースも翼は知っている。だが第二政党の党首が欠席するのはかなりのレアケースだ。しかも本日は、清城に続いて二番手で代表質問を行う予定となっている。さらにわざわざ翼の許(もと)を訪れて、重大な発表を行うと予告までしているのだ。遅刻はどう考えても不自然だ。

議場側のドアをノックした後、清城が入ってきた。ドアのすぐ外には議長の宇田と、代表質問三番手の御子柴議員、そして革新党副党首・増子の姿も見える。

「これ以上待っても埒があきません。始めてしまいましょう」

清城が切り出した。不平を示すように両眉が下がっている。

法律上、地方議会はその首長、つまりここでは翼が招集することになっており、議事進行は議長が担当する。決断を求める清城の言葉と表情には、若干の不満が含まれているようだった。彼がつかんだというスキャンダルがどういうものであるにせよ、本人がいる状態で暴露する方がセンセーショナルには違いない。少ないとはいえ傍聴席に陣取っているマスコミが、岩緑の取り乱す様子をとらえてくれるだろうからだ。しかしそんな都合を優先するわけにもいかないので、第一党の党首として、常識的な進言をする他ないのだろう。

「しかし、本日は岩緑の代表質問も」

革新党副党首が口を挟んだが、清城に遮られてしまった。

「その大事な代表質問を抱えている方が、まだいらっしゃらないから問題になっているのです。私が質問をしている間に来られるかもしれない。これ以上の配慮は必要ですか？」

「あまり気を遣いすぎるのも、平等原則に反しますな」

議長も同調したので、革新党のナンバー2は口をつぐんでしまった。

翼としても、岩緑の消息は気になるけれども、清城が暴露してくれる情報が待ち遠しいのも確かだ。

「それでは、二分後に開催しましょう」

翼が決断を告げると、議長は急いで議場の奥へと走って行った。革新党副党首も、代表質問三番手も後に続く。一人だけ室内に居た清城が、おもむろに議場側のドアを閉めた。無言で、こちらを見据えてくる。ちょっとだけ混乱してから、翼は意図に気づいた。

「……リークなんてしてませんからね」

「どうでしょうな」

ドアをゆっくりと開き、清城は出て行った。

「なにあれ、感じ悪くない」

いらだちをこぼす翼だが、羊川は氷の顔だ。

「スキャンダルが明るみに出るという話を、市長が岩緑議員に教えた。だから議員は出席を取りやめにしたのでは……とあちらが疑うのは、無理もない話です」

「なに、私、革新党の味方だと思われてるわけ？」

「私が、岩緑議員の元・秘書ですから」

「ああー、まだそんなの気にしてるんだ」

支持政党を持たない翼だが、他人の目からはそう見えないらしいと気づく。羊川が、スパイみたいなポジションだと邪推されているのだろうか。

「そんなに疑うくらいなら、予告なんてしなくていいのにさ」

ドアから議場へ向かう翼に、羊川が本日の代表質問に関連する書類ファイルを手渡してくれた。議会が開催されている間、羊川は基本的にこの控え室に待機して、状況に応じて各種書類を翼に手渡す役目を果たすことが多い。

「今日もお仕事、頑張りますよっ、と」

手足の動かし方をしゃっきりしたものにギアチェンジして、翼は議場へ足を踏み入れた。その前方に向かい合った二つの演壇が設けられており、周囲を座席が取り囲んでいる。

定員二十四名分の座席は、余裕のある横長の形状で、演壇を中心にして四重の六角形を形作っている。演壇に近い位置から勾配が徐々に上がり、最後列は翼の位置と三メートル近い高低差だ。最上段の列から清城が、悠然とこちらを見下ろしている。同じ列の隣の座席が、普段なら岩緑が座っている座席だった。眉原の議場は、党派の異なる議員が入り混じった位置に配置されている。数十年前、議場にヤジが飛び交い、質問が聞き取れない程だった頃に考案された形式だと翼は教わっていた。

代表質問の際は正面の演壇の前に翼が立ち、対する演壇に質問担当者が立つ形だ。演壇の間隔は五メートル。議論を白熱させるには近すぎず、遠すぎない距離と言える。翼はすぐに演壇の前には立たず、横にある市長席に腰を下ろす。翼から見て正面より少し上、清城の座席からは勾配の中途にあたる位置にひときわ大きい議長席があり、ここから議長が、議事進行を執り行う手はずだった。

「それでは本日も代表質問を行います。まずは」

声を張り上げた議長が、途中で発言を止めた。

眼を丸く開いて、演壇を見下ろしている。

大勢の視線を浴びる立場にある翼だが、このときばかりは自分への視線じゃないと理解していた。

議場にいる全員の視線が、一点に集中している。

議場の中央に、牛頭の怪物が立っていた。

冗談が立っている。翼の心に生まれたのは、そんな感想だった。

たぶん、世の中の半分くらいは真面目な人たちだ。中でも市民の暮らしとか、地域振興とかに興味があるとくに真面目な人たちが、政治家なんて仕事に就きたがる。清流会も革新党も、困った連中かもしれないけれど、真剣である点は間違いない。

そんなまともさが集まった市議会の中に、とびきりの冗談が現れた。

予告もなしに出現する牛の頭を持った怪物という、笑えない現実だ。

しばらくぱくぱくと空気だけ出していた議長の口から、意味のある言葉が吐き出された。「皆さん、規定に従い避難してください!」

混乱のあまりまともな発言ができなくなり、さらに混乱した結果一周して適切な言葉が生まれたような、無感情に文章を読んでいる風の声だった。直後に、おお、うおっ、と声が反響した。最初は怪物がうなっているのかと勘違いしたその声は、議員たちが発した地味なリアクションだった。本当に驚いたとき、喉から漏れる音だ。同時に、がたがたと離席の音が議場内に響いた。

災害時の避難を容易にするために、この議場の出入り口は複数箇所に設けられている。勾配が最も高い地点とすり鉢の底、それぞれの東西南北と、翼が出てきた市長控え室の九カ所だ。全員が冷静に行動してくれたなら、かなり迅速に避難できる構造になっているはずだが、その冷静を期待できるかどうかが問題だった。

(これまでの事例から確認する限り、怪物は出現後、即座に攻撃しては来ません)

(多くのケースで怪物と人間の間にはスペースが空いており、怪物が人間に危害を加えるまでに若干、余裕があります)

(この時間差を利用して、身を守る、あるいは距離を取る準備をしましょう)

自分の指示で作らせた「怪物から身を守るには」マニュアルを、翼は思い浮かべている。怪物が出現して、おそらくまだ二十秒程度しか経過していない。

その間、怪物は牛頭を巡らせて、周辺を吟味しているかに見えた。

この時間にどう対処するかが肝心なはず——

牛頭がこちらを向いた。

あっという間に、そいつと翼の距離が縮まっていた。

「あれっ」

間の抜けた声が漏れてしまう。議場周辺にいる数十名の中で、翼が一番怪物と近い位置にいる。なんで？　報告では、怪物の動作はクマなんかよりかなり鈍重なんじゃなかったの。混乱の後、簡単な答えに気づく。たとえ鈍重であっても、その身長は三メートルを超える。脚の付け根が翼の正面にあるくらいだ。だったら、ゆっくり歩くだけで、簡単に距離が詰まる。

「おおおおおぐるううっ」

今度は人間の声じゃない。

翼は怪物の声を、リアルで初めて耳にした。声というより、喉に絡まった息みたいな音だ。目が合っている。オットー・ネーベルが語ったどぎつい黄色。日本では発売できない添加物を含んだ危険なお菓子の色だ。違う、それだけじゃ足りない。そいつが道路に落ちて、腐り、脂がしみ出した色だ。

「その人に手を出すなっ」

背後から、羊川の声が聞こえた。叫び声を耳にするのは初めてだった。物珍しさから、鈍っていた頭が少しだけ回転を取り戻した。

怪物なんて、冷静に観察している場合じゃない。つまり、全然冷静じゃなかった。全速力で逃げ出したいけれど、こいつに対して背を向けるのが怖い。よろよろと後退する。大股で迫ってくる怪物の息がかかりそうだ。控え室に入る。そこで待っていた羊川と共に、さらに退く。怪物も追いかけてくる。控え室から市役所に通じる廊下に入った瞬間、待機していたらしい警備員が、ドアを施錠した。

「るうううう」

うなり声が入ってくる。ドアが揺れている。

（怪物から距離を取ったとき、余裕があれば施錠できる場所へ向かいましょう）

（近年の建築物であれば、公共施設の扉はかなり頑丈であるため、怪物が簡単に破壊できるような強度ではありません。扉を使って時間を稼ぎましょう）

「はい、廊下側です。市長におけがはありません。こちら側は施錠しています」

無線機を持った警備員が、通信しながら報告してくれた。

「議場側のスタッフによると、あちら側からも施錠が完了したとのこと。ひとまず怪物を控え室に閉じ込めました」

「おお……ご苦労様です」冷や汗をかいていた。「議場へ残っている人たちに、パニックにならないよう留意しながら、速やかに避難するよう伝えてもらえますか」

翼は胸を撫で下ろす。マニュアル通りに行動するって、思ったより簡単じゃないな。


ショッピングモール周辺から、人波が引いていく。

たいして流行（はや）っていないモールとはいえ、いざ全員を避難させるとなったら手間がかかるものだ。大音量の館内放送が、怪物の出現に伴う退避勧告を繰り返している。生身の声ではなく、あらかじめ入力された合成音声であることに、今更ながら翼は感心していた。牛の頭を持った怪物のために、行政や企業が対策を準備しているのだ。ファンタジーが、現実にめり込んでいる。

マニュアルに応じて、翼たちは臨時の避難先に指定されているモールの駐車場へ移動した。

モールの不人気が幸いした。マンション・モール・市役所から数百人を集めても、まだ密度はそれほど高くない。怪物の出現からおよそ五分。すでにパトカーが到着しており、警官と翼は情報交換を済ませている。警官によると、比較的近い位置にある自衛隊の駐屯地からも応援が来るという。

「私、どうだった」傍らの羊川に翼は訊いた。「見ようによっては、自分が囮（おとり）になって怪物を閉じ込めるような動きじゃなかった？　支持率上がる？」

「どうでしょう。傍聴席にいた新聞記者が、一部始終を把握しているかどうか……」

「スマホで撮影しておけばよかったなぁ」

「さすがにそんな余裕はありませんでしたよ」

周囲を見回しながら、翼はここで何をしなかったら問題になるかを検討する。緊急時の失態は、支持率をあっという間に押し下げてしまう。保身第一のずるい政治家だな、と自嘲しつつ、政治家になる前からずるかったかもしれないとも思い直した。

「市役所の皆さん、住民の皆さん、モールの店員さん、お客様――少し落ち着いてきたら、数分前を振り返ってみてください」

避難者たちの周りを歩きながら、急（せ）かさない声色を意識して呼びかける。

「一緒にショッピングに来たご友人や、職場の同僚やご家族の中に、今、見当たらない人はいませんか？　モールに取り残されている可能性があります」

同じ言葉を繰り返し、避難者の周囲をぐるぐる回る。

「断定できなくても構いません。曖昧でもいいから教えてください」

ふいに、初老の女性と目が合った。怯えた眼をしている。退避してきたのだから動揺しているのは当然だが、すぐに目をそらす辺りが挙動不審だ。首にぶら下げているスタッフタグには、市役所広報課とプリントされている。気弱そうなその顔が、誰かに似ていた。記憶を辿って、あてはめる。翼が以前、住んでいたアパートの近くに老人ホームがあった。その施設で火災が発生したとき、逃げ遅れた入居者がいるのに言い出せず、死傷者を出すはめに陥った経営者の顔だ。

「気になることありますか」

近づいて声をかけるが、い、いえと歯切れが悪い。

「正直に話してくれたら、あなたの責任は問いませんから」

女性は一瞬、顔を綻ばせたが、すぐに深刻さを取り戻し、

「今日は小学校の職場体験学習で、先程お子さんたちを受け入れたばかりでした。参加者を記録するファイルに名前を書いてもらっている途中で退避したんですが――」

「人数が足りないんですか」

「ファイルに名前がある子供たちは確認しました。ただ、名前を書いていない子供が残されているかもしれなくて」

「わかりました。あなたは小学校に連絡して、誰が参加する予定だったかのリストを作成してください。警察には私から言っておきます」

翼が避難者たちから離れると、羊川が顔を寄せてきた。

「よかったのですか、責任を問わないなんて約束して」

「え？　うそに決まってるじゃん。ああ言わなかったら教えてくれないでしょ。人命優先」

「はあ……」

「それよりも、子供だよ子供。モールに取り残されているなら、すぐに助け出さないと」

「私が、警察の方に知らせてきましょうか」

「いや、緊急時だから、大事な報告ははっきり伝えた方がいい。私から直接教えるよ」

翼は小走りでパトカーへ近づいたが、中に人がいない。辺りを探し回るより、確実に警官がいるポイントに向かった方が早そうだ。怪物に対処するためやって来たのだから、モール周辺に封

鎖担当の警官が配備されているはず。そう考えた翼は、駐車場から一番近いマンションの入口を目指した。

建物の裏手に回った途端、後悔した。キープアウトのテープが張られていない。正確には、張る途中だったらしく、テープの束と、ポールがアスファルトに転がっている。それなのに、警官が一人も見当たらない。

これは封鎖を執行する途中で、何かが発生したとしか考えられない。

翼の想像を肯定するように、マンションの中から泣き声が聞こえてきた。かなり反響している。

(来ない方がよかった)

後悔する。羊川に任せていたら、この場で悩まず済んだからだ。子供は確実に取り残されている。単純に、出口を探して泣いているならまだましだが、怪物に襲われている最中とも考えられる。そういえば、と頭をよぎる。怪物は、どの事例でも突然出現している。瞬間移動のような力を持っていると考えた場合、現れてからはどうなのだろう？　消えたり、再出現したりを繰り返すことが可能なんだろうか。その場合、控え室に閉じ込めたところですり抜けてしまったかもしれない。そうでなくとも、あのドアがいつまでもつかはわからないのだ。

行くしかないのだろうか。

入口のドアノブを握り、翼は迷う。ここで子供の死傷者を出したら、次の選挙はかなり厳しい。反対に、市長自ら救出に成功したなら、支持率は天井知らずだろう。

でも、そんなの首長の仕事とは言えないか？

スタンドプレー？　かっこつけの蛮勇かな？

――もう考えるのが面倒くさい。

蛮勇上等。

ドアを開き、耳をすます。泣き声はまだ止(や)まない。なるべく見晴らしのいい位置取りを選びながら、階段を上がる。エレベーターも近くにあるものの、ドアが開いた瞬間、怪物に出くわす可能性を考えると使いづらい。

二階に上がってきた。ここから、市役所への連絡通路を進む。住民票の受付窓口までやってきた。子供の声は聞こえない。怪物のうなり声も入ってこない。ふと武器になるものを持ってきていないことに気づき、心の中で舌打ちした。

記憶にある限り、カウンターの裏側に不審者対策用のさすまたが配備されているはずだった。ところが複数のカウンターを覗(のぞ)いても、一つも見当たらない。おそらく、避難する際に、途中で出くわす危険性を慮(おもんぱか)って持ち出されてしまったのだろう。

仕方なく階段をさらに上がり、四階の市長室へ着いた。ファイルが積み重ねられたデスクの後ろに、中身の入ったベースケースが立てかけてあった。忘年会の余興で使って以来、置きっぱなしになっていたヤマハのＢＢ３０００だ。ケースごと持って行くことにする。少なくとも、振り回して牽制(けんせい)するくらいには役に立つだろう。さすまたも一本置いてあった。

市長室へやってきた理由は頼りない武器を調達するためだけではない。

専用のパソコンを立ち上げる。トップクラスの権限を持つ翼のＩＤは、市役所内の監視カメラも確認できる。トイレや更衣室など設置されていないポイントも多いが、これで怪物や子供の場所を特定できるかもしれない。

立ち上げに要する数秒間が永遠のようにもどかしかった。やがて映像が表示される。無人となった各フロアの中で、翼が最初に注目したのは、五階の市議会議場の控え室に通じる廊下の映像だった。ドアがはっきりと見える。蝶番(ちょうつがい)をくっつけたまま、横倒しになっている。

最悪、と呟(つぶや)き、スマホで羊川を呼び出した。むやみに音を出したくなかったけれど、迅速さを優先させる。

「今、市長室。監視カメラ見たら、閉じ込めたドア、こっち側が外れてる」

「今すぐ戻ってきてください」羊川の声には有無を言わせない響きが混ざっていた。こちら側のドアが突破されている以上、怪物は市役所内にいる公算が高くなった。同じ階に下りてきたとも考えられる。さっさと退散するのが得策だろうが、出て行く際に出くわさないという保証もない。

「利根川さんが入ったルート、マンションの裏手ですよね。私もそこにいるんですけど、今、警察が戻ってきてます。あっ、子供を抱えてる」

翼も頭を抱えたくなった。無駄足！

「よけいなお世話だったかあ……」

脱力感を覚えつつ、脱出ルートを考え始めたとき、再び泣き声が聞こえてきた。

「一人じゃない」

終話したスマホをポケットに入れて、市長室を出る。幸運か不運かはわからないが、少なくともここへ来た意味はあったみたいだ。そして今回の声は、場所が近いせいか、はっきり方向がわかる。上の階、つまり議場と同じフロアだ。

取り残されていた二人目の子供が、封鎖を破ったばかりの怪物に出くわしたのだろうか。

警察は一人目の子供を連れて外へ出てしまった。裏口が無人になっていたことから判断する限り、人手が足りていない。

「あーあ、私しかいないじゃん」

引き出しからカードキーを取り出してからデスクを離れ、右手にさすまたとベースを抱えて市長室を出る。近くにある階段を上ると、市議会議場へ続く廊下だ。一歩、一歩、恐怖を踏みしめるように歩みを進める。

階段を上り切ると、右手に廊下の全景が現れる。二十メートル先の突き当たりに、倒れたドア。中間地点の右手にトイレ。泣き声は、男子トイレの中から聞こえてくるようだ。

「トイレにいるんですね？　助けに来ましたよ」

五十パーセントくらいの確率で、翼は現時点でこのフロアに怪物はいないと推測していた。少々声を出しても、おそらく、問題はない。

児童向け教育番組に出演した際の優しい発声をこころがけながら、トイレに入る。一番奥の個室が閉まっていた。

「助けに来ましたよ。今は安全だと思うから、出てきてください」

泣き声が止んだ。けれどもドアはすぐに開かない。

「……泣き顔を整えたいので、少しお時間をいただけますか」

しっかりした子だな、と感心しながらも、

「待てません。そこまで余裕はないんです」

渋々といったゆっくりさでドアが開く。いかにもよそ行きといった感じのワイシャツにサスペンダー付きのパンツをはいた男の子が、赤い眼を擦（こす）っていた。十歳くらいだろうか。

「市長さんだ」

眼が丸くなった。

「市長さんだよ」

「どうして？」

「街の皆を守るのがお仕事だからね」

適当なことを言って、手を握る。このくらいの年頃なら、抱っこして運ぶ必要はなさそうだ。

「おうちはこの街にあるの？　外へ出たら、市長さんが助けてくれたって皆に伝えてね。選挙権があるおうちなら、大人になってから私に投票してくれてもいいよ」

　トイレを出た後、翼が外れたドアの方へ向かおうとすると、少年が袖を引っ張った。

「だめ。あっちから牛が出てきた」指先が震えていた。「トイレにいたから逃げ遅れて、ここへ出たら、ちょうど牛が、ドアをばりって蹴って、歩いてきたから、またトイレに隠れたの」

「うん、だからあっちへ逃げるんだよ」膝をかがめ、翼は少年と視線を合わせる。自分の子供時代を振り返る限り、有無を言わさず従わせるより、理屈を伝える方が素直になってもらえると考えた。「あのドアの向こう側にもドアがあって、出られないように鍵をかけてたの。怪物は、こっちのドアを破ったでしょう？　わざわざ向こうのドアも破りに戻ったりはしないよね、たぶん。だからあっちの方が安全だと思う」

　この廊下は、控え室と階段をつなぐだけの役割で、階段は一つしかない。しかし四階以下は非常用も含めて各階に四つ階段が設けられている。つまり控え室を破った後下りてきた怪物と、裏手から上ってきた翼は入れ違いになったと考えるのが自然だ。

　もちろん、一旦控え室から出た怪物が、なにかの理由で別のルートを辿って元の場所に戻っている可能性もゼロではないだろうが、そんなに分が悪い賭けではないと翼は踏んだ。

　納得したらしく頷いてくれた少年の手を取り、翼は横倒しのドアを動かして、控え室に入った。誰もいない。怪物もいない。議場側のドアも破壊されていない。予想が当たったことを喜びつつ、翼は持ち出したカードキーをドアの受信機へかざした。区分上は、この控え室のドアまでが市役所という扱いになっており、翼のマスターキーの権限が及ぶエリアに設定されている。

　解錠しておそるおそるドアを動かす。銃を構えた警察官たちが向こう側で待ち構えており、ドアが開いた瞬間、反射的に発砲してこないとも限らないからだ。

「市長です。迷子を連れてまーす。撃たないでくださいね」

ドアの向こうは無人だった。警官も見当たらない。最初に翼が顔を覗かせ、安全と判断して少年も連れてくる。

上手くいった。心の中で、翼は自分を褒め称（たた）えた。けがもしなかったし、逃げ遅れた少年も救出できた。これ以上ない成果だ。

「もうちょっと我慢してね。すぐにおうちへ帰れるからね」

少年に話しかけながら、演壇までやってきた翼は、勾配の上方まで見渡し、どの出口から外へ出ようか考える。それほど悩む必要はないかもしれない。こちら側のドアは施錠されたままだったから、怪物が周辺をうろついている確率は低いだろう。

そこまで思考を巡らせて、比較的近い出口を使おうかと決めた瞬間の出来事だった。

翼たちから見て正面上方にある議長席から角が生えた。

「ううん」

牛頭が議長席の後ろに立っている。

約三メートルの巨体がこれまで見つからなかったのは、議長席の下で屈（かが）み込んでいたせいだろうか。なんのために？　どうして？

「お、お、う、おお」

さっき聞いたものよりは人間に近いようなうなり声を発して、牛頭がゆっくりと、こちらへ向かって下りてきた。まるで議会の出席者のように、議員席の合間に設置された階段を歩いてやってくる。少年が、しゃっくりみたいに空気を吸い込んだ。

「大丈夫」

背中にかばいながらなぐさめたけれど、全く大丈夫ではない。どこで判断を間違ったのだろう？　翼には理解できない。怪物は、控え室の廊下側ドアを破って市役所へ移動したはずだ。そこからこちらへ戻ってきたとしても、最初にいた控え室のドアを破るのが当然じゃないの？　他のルートもあるのは確かだけれど、遠回りになる、適当に動き回った怪物が、たまたま元の場所に戻ってきたのだろうか？

　考えても無意味だろう。何もない場所に突然現れるような怪物なのだから。

　こうなった以上、固まっているのはよくない。この子を逃がさなければ。大人として、市長として、翼が取るべき対策は、自分に注意を引いているうちに少年を脱出させることだ。とはいえ二手に分かれた場合、野生動物なら、小さい方が狙われる。牛頭は、どっちを狙うだろう。

「ちょっとだけ我慢してね」

　翼はさすまたを捨て、少年とつないでいた手も離した。手元に残されていたベースを取り出し、指を沿わせる。

　ごりごりごりごりごりごりごりごりごりごりごごごごごごごごごごごごごり。

　バンドをぶちこわしにした、音楽プロデューサーを驚嘆させたあの音を奏でる。

「うう、うおおおおおお」

　牛頭が身をよじる。以前、ネコに聴かせたところ、二秒で逃げられてしまったナンバーだ。この牛頭も、色々謎はあるけれど間違いなく哺乳類。耐えきれず、逃走してくれたらそれでいい。地元のえらいおじいさんみたいに、昏倒(こんとう)してくれたらもっといい。

　ごごりごり。ごごごごごごごごり。

　そこまで期待できなくても、翼を不快な音の発生源だと見なし、排除しようと動いてくれるなら最低限の目的は達成できる。

　不快そうに全身を震わせていた牛頭だったが、倒れもせず、逃げもしなかった。そのまま翼の方へ近づいてくる。

「逃げて」

眉間に皺を寄せ震えている少年の肩を叩き、一番近い場所にある出口を指さす。

「でも！」

一人で行けない、と言いたげな少年に、翼は声を張り上げる。

「いいから早く！　だいじょうぶ、私は市長なので！」

理屈になっていないし、別に大丈夫でもない。それでも少年は、こちらを何度か振り返りながら走り、出口へと消えた。

少年を気にかけながら、少しずつ移動して牛頭との距離を稼ごうとしていた翼だが、極度の緊張のせいか、体力の消耗が激しい。すでに目の前だ。

「あー、どうにもならないか、これ」

翼は観念する。衝動的に動いた末路がこれだ。

計画性に欠けているわけでも、努力を嫌うわけでもない。ただ、肝心なポイントで舵を切るとき、自分は経験よりも、感性を優先してしまうようだ。羊川が道を示してくれたように、その判断がよい結果を生むケースも多かったけれど、結局、これまでは運がよかっただけらしい。

これは終わった。死ぬ。

まだベースは構えている。

たぶん、ヒグマを相手にするよりかは希望あふれる状況だろうけれど、牛頭の身体能力は、人類のそれより上だと聞いている。自分がプロレスラーや相撲取りにベースで立ち向かえるかと言えばかなり怪しいから、結局望みはない。死ぬ。九割九分九厘諦めながら、それでも最後まであがくのが人間でしょうというノルマのような発想からベースを振りかぶったとき、

「退(さ)がって、しゃがめ」

有無を言わせない鋭い声が背中に浴びせられた。

ベースを投げ捨て、後ろ走りになるべく間を取った後で、半ば倒れるように伏せる。頬を擦る議場のカーペットは、高級家具店との癒着を疑うくらい柔らかかった。

程なくして、ばちゅん、と何かが弾(はじ)けるような音がして、カーペットに巨体の倒れる振動が伝わってきた。

起き上がってもいいですか、と訊くと、たぶん、と返ってきた。繊維を払いながら翼は立ち上がる。仰向けに倒れた牛頭の腹部が赤く染まっていた。

「自信がなかったので胴体を狙った。ヘッドショットを決めたかったが……」

翼から見て背後にある出入り口の近くに、スーツ姿のハンターが立っていた。硝煙を吐き出すライフルを掲げ、自慢げな瞳をシューティンググラスから覗かせているのは、清流会党首・清城知治議員だ。階段を下りてくる。

「……助けていただいてありがとうございます」おいしいところを持って行きやがってという怒りを懸命に隠しながら翼は礼を言う。「かっこいいですね。『西部警察』の渡哲也(わたりてつや)みたい」

「また懐かしいタイトルが飛び出すね。あなたの世代ではないだろうに」

「サブスクで見ました。猟銃、いつも持ち歩いているんですか？」

「さすがに捕まってしまうよ！　例のボランティア部隊を準備するにあたって、自分の銃が使えなかったら恰好悪いから、議会の後で試射場へ持って行くつもりだったのさ。そしたら避難場所にあの子がやってきて、市長さんを助けてって訴えるものだから」

猟銃を愛(いと)おしそうに撫(な)でる清城は、これ以上ないというレベルのドヤ顔だった。にくたらしいが、翼としては少年が助かり、自分も命を拾ったことを喜ぶべきだろう。

支持率は、上がるかなぁ？

「しかし警察は情けない」

硝煙の消えたライフルをケースにしまいながら清城が毒づいた。

「逃げ遅れた子供は見落とすし、怪物も駆除できない。幹部連中を議会に呼んで、締め上げてやるべきですな」

適当に頷きながら、翼は牛頭に視線を移していた。ぴくりともしない。あっけないと言えばあっけないけれど、耐久力は大型のクマ科に劣るらしいから、息を吹き返したりはしなそうだ。

「市長！　無事でよかった」

再度振り返ると、清城が下りてきた出入り口から羊川が入ってくるところだった。警官も二名、一緒にやってくる。

「遅いよ君たち」

階段を上りながら、清城が警官を叱りつける。「よりにもよって市議会に怪物が現れたんだ。通報も迅速だったろうに、この体たらくはあんまりじゃないのかね」

「申し訳ありません」上役と思われる、年配の警官が頭を下げる。「とはいえ、駆除は終了しております」

「私が駆除したんだよ。君たちの手柄にするんじゃない」

背筋を伸ばす清城を前に、警官二人が首を傾げている。彼らの側から翼の近くまでやってきた羊川の顔は蒼白で、前髪が乱れていた。「結果論ですけど、こっちへ来ても、外にいても危険度は同じくらいでしたね」

どういう意味だろう。

「ついさっき、怪物が外へ出てきたんですよ。市長と入れ違いにマンションから下りてきたみたいです。避難スペースの近くまでやってきたら、パニックが発生する寸前でしたけど、警察が射殺してくれました」

そこまで話して、私設秘書はあれ？　と視線をさまよわせる。先入観で見落としたのか、議場に倒れたものにようやく気づいたようだ。

「あるのか、そんなことって？」上で話を聞いていたらしい清城が、出入り口へ走る。翼も急いで駆け上った。

出入り口の外はらせん階段が渦を巻いている。下り終えた翼はそのまま駐車場へ急いだ。避難スペースの近くに、キープアウトのテープが張られ、その中に巨体が横たわっていた。怪物の亡骸(なきがら)だ。周囲を野次馬が取り囲み、撮影モードにしたスマホを光らせている。

「二匹目……」

先に到着していた清城が、興奮を隠せない面持ちで振り向いた。「私が記憶している限り、怪物が一カ所に複数体出現した事例は初めてのはず。これは、ちょっとばかり注目を集めるかもしれませんな」

翼も同感だった。近頃では怪物が出現した程度のニュースだと、新聞のはしっこに掲載されるくらいが関の山だったけれど、レアケースが発生した場所としてマスコミが集まってくれたら、市政をアピールする機会につながるだろうか。

そこまで考えて、違和感に気づいた。

「くさい」鼻を押さえる翼に、清城も同感とばかりに手を振った。

「まあ、獣ですからね。遺伝子面では変わりがないという牛だって、野生に暮らしていたら無臭とはほど遠い。一生、シャンプーしない生き物なんてこんなものでしょう」

「でも、さっきの怪物は臭くなかったじゃないですか」

「そういえばそうですな」

個体差があるのですかね、と議場を振り向いた清城の顔が、すぐに深刻な色合いを帯びる。何も言わずにそちらへ向けて猛ダッシュをかけた。翼も息を切らしながら、元来たルートを引き返す。性差があるとはいえ、六十代に負けるのは情けなかった。

議場の階段を下ると、二人の警官が牛頭を取り囲んでいた。議長席の近くから、羊川と清城が見守っている。

外の怪物と、同じくらいの距離感なのに、獣の臭気が全く漂ってこない。

「どういうことだ、これ」

直接手を触れてはいけない規定になっているのか、警官は大型のトングのような器具で牛頭の身体をまさぐっている。翼や清城が指摘するまでもなく、無臭が不自然だと気づいたらしい。トングで毛皮を撫でながら、小声でやりとりを繰り返している。

「ここ、引っ張れそうだな」

「俺たちでいじっちゃって平気ですかね」

「こいつが外のやつと同じなら、俺たちの管轄じゃあない。でもそうじゃなかったら警察の仕事だよ」

そのうち、警官たちは二本のトングで牛頭の角をそれぞれつかみ、せーの、とかけ声をかけて引っ張り始めた。

少し間を置いて、牛頭の胸元に横向きの線が生まれる。一瞬、強い力で引っ張ったせいで上半身が引き裂かれているのかと思ったが、そうではないらしい。その部分は、最初から分かれるように作られていた様子だ。さっきまで気づかなかったのは、切れ目を接着した上で、彩色を施していたせいらしい。

　つまりこいつは、怪物じゃない。怪物に見せかけていた、あるいは見せかけられていた何者かだ。

「ああ、でしゃばるんじゃなかった。警察に任せておくべきだった……」

　分かたれた胸元の下から、スマートウォッチをはめた右手が現れたとき、清城が天を仰いだ。

　ようするに、それは着ぐるみだった。とんでもなく精巧で、本物と見間違えるほどの逸品ではあるものの、遊園地で風船をくれるライオンと仕組みは変わらない。中の人が存在する。中の人がいる牛頭を、清城はライフルで撃ち倒してしまったのだ。

　取り払われた牛頭の上半身、その中から現れた人間の顔は、すでに生気を失っている。

　黒いビニールテープで口を塞がれていたものの、誰なのかは一目瞭然だった。

　それは革新党党首、岩緑篤だった。

第二章　迷宮現象

翼と羊川が一息つくことができたのは十五時を回った頃だった。

あれから翼たちはモールを、市役所を、マンション周辺を駆け回り、マスコミへの対応と警察の現場検証に忙殺されていた。現在は、十五時半に京都府警からあらためて聴取をしたいという話があったので、束の間の休息を取っている。

聴取のため確保した第一小会議室では中央の机に翼と羊川が、二メートルほど離れた位置に清城とその秘書が腰掛けている。清城は秘書に手配させた弁当に箸をつけていた。

「市長も、何か召し上がった方がよろしいかと」清流会党首はイチゴのヘタをちぎる。「政治屋はどんな局面でも栄養を摂っておかないと、長続きしませんよ」

余裕を気取っているが、顔色はこれまで見たことがないくらい青ざめている。猟銃で人を殺めてから半日も経っていないのだから無理もない。むしろ食べ物が喉を通るのが信じられないくらいだ。

自分も何か頼もうかと翼が口を開きかけたとき、ノックの音がした。壁の時計を見ると、ちょうど三十分になっている。

入ってきたのは、制服姿の警官で、年齢は五十代くらいだろうか。左右に分けた前髪に、白髪がまざっていた。

「お待たせして申し訳ありません」

差し出された警察手帳には、「警視長　輪久井宏一（わくいこういち）」と印字されていた。

翼は頭の中で警察の階級表を思い浮かべる。京都府警のトップに位置する府警本部長の階級が警視監。警視長はその一つ下だったはず。

（すごくえらい人だ）

こういう場面で、翼は自分も「えらい人」に区分されることを忘れがちだった。

「ええと、はじめまして、市長の利根川と申します」

「ええ、存じ上げてますよ」

輪久井はにこりともせずに言う。他の三人とも挨拶を交わした後、翼と清城の机から等間隔にあるイスに腰掛けた。

「本件に関して、以降、事情聴取の取りまとめを担当させていただきます。長いお付き合いになるでしょうが、よろしくお願いいたします」

「異様な特別待遇ですね」

不信感を隠そうともしない険しい眉で羊川が言った。

「警視長と言えば、人口の少ない県では本部長を務めるような高位の方でしょう。本来は現場に出てこられるようなお立場でないのでは」

「『お前じゃ話にならん、上の人間を呼んでこい』政治家の方が巻き込まれた犯罪を手がける場合、担当官が浴びせられがちな決まり文句です」輪久井も応じるように眉を上げた。「急を要する状況ですから、今回は出せる限りの『上』をご用意いたしました」

「たちの悪い政治家ばかりと接してこられたようだ」清城は愉快そうに微笑んだが、顔色はよくないままだ。「ご配慮はありがたいものの、こちらとしては身震いせざるを得ませんな。お偉方が乗りだしてきたということは、ある程度方針が固まっていると思われますからね」

見るからに海千山千と言った風情の政治家と警察官僚は、数秒間視線を交わしていた。敵愾心をぶつけ合っているというより、互いを見定めているような力加減に見える。中断したのは警視長の方だった。

「そこまで覚悟されているなら助かりますね。本件は厄介な事件で、おそらく本日中に日本全国――いや、全世界に知れ渡り、大変な反響を招くことでしょう。そうなると今以上にマスコミが大挙して押し寄せるでしょうから、捜査はますます難航します。そこで今のうちに、基本的な質問に答えていただきたいのですよ」

輪久井の視線が、翼たちを吟味するように動いた。

「まず、被害者にあの着ぐるみを被せたのがどなたか、ご存じですか」

「そんなの、こっちが訊きたいですよ」

正直に返事した翼だが、納得してくれた様子はない。

「現時点で判明している限り、岩緑議員は、市長と面会された直後に消息を絶っています」

輪久井が淡々と告げたのは、初耳の情報だった。

「こちらで集めた情報によると、面会は第二小会議室で行われ、出席されたのは市長とそちらの羊川さん、そして岩緑議員の三人だったそうですね。具体的にどのようなお話をされたのでしょうか」

「本日の議会で、重大情報を発表するという予告でした。詳しい内容については伺っていません」

翼は事実そのままを伝える。重大情報、という言葉に清城が反応した。表情は変わらなかったが、両肩が少しだけ浮き上がっていた。

これ、まずくない？

翼は自分の置かれている状況が、思ったより剣呑(けんのん)なものであることに気づいた。岩緑党首が奇怪な死を遂げたことで、マスコミ対応に追われたり、議会の運営に支障をきたしたりと、面倒な展開になるとは覚悟していたが、自分や羊川が標的になっているとまでは予想していなかった。

「私と羊川が岩緑さんを着ぐるみに放り込んで、射殺されるよう仕向けたって言いたいんですか」

「目下のところ、可能性としては除外できませんね」

「岩緑議員が自分で着たという可能性は？」

翼は咄嗟(とっさ)に思い浮かべた解釈を披露する。

意外そうに輪久井は瞬きをした。

「悪戯(いたずら)の類でしょうか？　いい年をした大人が、市民が怪物に怯(おび)えている現状で、しかも議会でやる行為として考えられないと思いますが。支持率は急落、最悪の場合、辞職に追い込まれるジョークですよ。まあ、議員先生の中には市井とかけ離れた感覚の持ち主もいらっしゃるようですが……申し訳ないのですが、先程上がってきた司法解剖の結果、その可能性も否定されました」

輪久井は羊川に向けて軽く頭を下げる。

「被害者の体内から、高濃度の睡眠導入剤が検出されたのです」

ううむ、と苦々しげに唸(うな)ったのは清城だった。

「すると何者かが岩緑君を人事不省に陥らせた上で、精巧な怪物の皮をまとわせ、警察なり、ハンターなりに射殺されるよう仕向けた……この線が有力というわけですな。見事に引っかけられてしまった」

「今のところは最も無理がない筋書きです」

頷(うなず)く輪久井に、清城は弱々しく笑みを浮かべる。

「薬を飲ませた候補から私を除外していただくわけにはいかないようですな」

「申し訳ありません。清城さんが被害者に着ぐるみを被せた上で、本物の怪物と区別がつかなかったふりをして引き金を引いたとも考えられますから」

「やはり、私は容疑者の第一候補というわけだ」

嘆息する清城を前に、警視長はノーコメントだった。たぶん、本職の警官として容疑者という言葉を軽々しく使いたくないのだろう。

「被害者とこの場の皆さんは、眉原市政の中で政治的に対立するお立場にあったと認識しております。岩緑さんと最後に会ったのが市長とその秘書の羊川さんで、怪物の姿をしていた彼を射殺したのが清城さんという構図です。全てを偶然と考えるのは、あまりに素直な見方かと」

「これは参ったな」

清城が口元を歪(ゆが)ませながら、こちらに顔を向ける。

「市長、どうやら我々がグルになって岩緑君を殺めたと勘ぐられている様子です。市長か羊川君が薬を飲ませ、着ぐるみを被せて、それを私が射殺した、というシナリオが出来上がりつつあるようだ」

「こちらとしては、そこまで決めつけていません」

輪久井はなだめるように右手を挙げた。仏像のポーズにも似ている。

「今、清城議員が仰(おつしや)ったストーリーにも、異論を挿(はさ)む余地はあります。被害者を、わざわざ議場まで連れてきた理由がわからないのです」

仮に自分が清城と共謀していた場合、どんな風に動くだろうと翼は想像した。面談の際、薬を飲ませて意識を奪うのはいいとして、その後、被害者を議場まで連れてくる必要はない。見とがめられないよう、移動は最小限に抑えるはずだ。第二小会議室で薬を盛ったのなら、近くの部屋に移して、清城と合流する。そして薬の効き目が切れる前に射殺してもらう。

実際は眠ったままでも、警察には「襲ってきたから本物だと思った」と証言すればいいのだ。トイレで救出した少年のこともある。これから人殺しを手がけるのに、よけいな目撃者を増やす意味がない。

「我々が完全にグルだとしたら、議場で射殺するのはナンセンスということか」

清城はあからさまな安堵(あんど)を顔に浮かべる。

「私と羊川だけがグルだって結論ですか？」

「いやいや、そうは申しておりませんとも」

白々しい……苛立(いらだ)ちながら、翼は脳内にタイムテーブルを思い描いた。岩緑との面談が終わった後、翼は羊川と別行動を取っていた。翼はメイクを整えるため化粧室へ、羊川は議題に関連した資料を再確認するため、各部署の文書スペースを回っていたという。

どちらにも、岩緑に薬を飲ませ、着ぐるみを被せてどこかへ隠しておく機会がゼロだったとは言い切れない。

そして怪物が出現した騒動に紛れて、人気(ひとけ)の少ない議場に岩緑を移動させた。輪久井のシナリオはこんなところだろうか。

「穴だらけ、とまでは言いませんけど、ざらざらですよ」

ざらざらって何だよ、と自分で呆(あき)れながら、翼はいくつかの疑問点を列挙する。

「射殺される寸前、怪物が声を出したと思いましたけど、今になって考えると、あれは睡眠導入剤の効き目が切れた岩緑さんの声でした。目覚めた直後の岩緑さんが、状況を把握できなかったのは無理もありません。いきなり視界が着ぐるみの中なんですからね。テープで口も塞いであったから、声を出してアピールもできなかった。それでも時間が経てば、着ぐるみを脱いだり、身振りなんかで自分が人間だって主張もできたはずだし」

翼が指摘したいのは、岩緑が射殺されてしまったのは不運も手伝っていたということだ。一連の流れが犯人の計画通りだとしたら、精巧な着ぐるみを用意するなど手が込んでいる割に、偶然に頼る要素が多すぎる。

「仰る通り、私としてもあなた方を重要参考人扱いにするつもりはありません。少なくとも、現時点ではね。結論を出すには、不確定要素が多すぎるのです」

輪久井は一瞬だけ壁時計に視線を移した。

「あれこれ仮説を組み立てる前に、第二の疑問点を申し上げておきましょう。この中に、怪物の出現を予測、あるいは出現自体をコントロールできる方法を把握しておられる方はいらっしゃいますか」

翼は答えない。羊川も当然同じだった。清城も、彼の秘書も無言のままだ。

正直、誰か白状してくれないかと期待していた。岩緑の死は確かに大事だけれど、世界的に重要なのはこっちの疑問に違いない。

怪物の恰好をさせられた――あるいは自分で装っていた岩緑が射殺された。それだけなら、まだ世界中の注目を集めるようなニュースではない。

問題なのは、ほぼ同時に本物の怪物も出現していたという事実だ。

「精巧な着ぐるみの中に被害者を閉じ込め、本物の怪物と誤認するよう誘導して射殺させる。この手口の問題点は、市長も仰ったように、被害者が声や身振りで事態を説明してしまうところです。対策として、被害者を気絶させるか、ガムテープなどで声と身動きを奪う必要がありますが、それはそれで不自然になってしまいます」

警視長の理屈は、翼も理解できる。襲ってくるどころか、微動だにしない怪物を目の当たりにしたハンターたちが、偽物の可能性に思い至るとも考えられる。

「しかし、偽物と同時期に本物が現れたなら、冷静な判断力を失い、怪物の姿を目にしただけで引き金を引いてくれるのではないか？　着ぐるみを用意した人物は、そのように想定したのだろうと私は推測しています。じつに合理的な作戦です。どうやって本物の出現とタイミングを合わせることができたのか、という一点を除いては」

警視長は形の良い指を突き出した。

「各種証言やマスコミの記録によると、怪物は十時十分頃、議場の中央に突然出現しています。なんの前触れもなく現れるというのは他の事例と同じですが――問題にするべきなのは、岩緑議員が議場にさえ顔を出していないという事実です。岩緑さんが、この時点で薬物を摂取させられていたのかはわかりませんが、少なくとも出席すると明言していた議会に欠席せざるを得ない状態になっていた」

現在、怪物の出現頻度は、全世界で二十四時間の内に数件程度。それでも、万が一の可能性を願って、「いつか怪物が現れたら、その状況を利用して岩緑を殺してやろう」と考えて、着ぐるみを用意していた犯罪者がいてもおかしくはない。

だが岩緑篤は、怪物が現れる前に姿をくらましていたのだ。

「岩緑議員に着ぐるみを被せた何者かは、怪物が議場に出現することを知っていた。そう考えるのが自然な流れです」

輪久井の言葉に、清城も、秘書も驚いている様子はない。すでに検討済みなのだろう。

当然、翼も羊川も理解している。この件が全世界に知れ渡り、大変な反響を招くだろうと輪久井が予測するのも無理はない話だ。

「誰かが岩緑君を襲った。薬を飲ませて危害を加えようとしていた直後に牛頭が出現した。犯人は、こういう状況を想定して着ぐるみを持ち歩いていたから、これはいい機会だと岩緑君に着ぐるみを着せ、議場に放置した……これはない。いくらなんでも、犯人に都合がよすぎる成り行きだ」

肩をすくめる清城に、輪久井は頷いた。

「怪物の出現を予測、もしくは操作できるなどという話は、前代未聞です。本部長から警察庁や防衛省にも照会している最中ですが、海外にも類似の事例は見当たらない様子ですので」

座席から立ち上がり、輪久井はせわしげに部屋の中を歩き回る。

「さらに付け加えておきますと、件(くだん)の着ぐるみですが、あれはフェイクファーや牛革を組み合わせて作られていたようです。角も塩化ビニール製で、どの材料も手芸用品店で手に入る大量生産品でした。そのため、犯人の足取りをつかむことは難しいと思われますが、気になるのは、フェイク素材を使用しているにもかかわらず、本物と見間違えるほどそっくりというところです。映像で確認したくらいで再現できるレベルではないんですよ。実物を参考にしたとしか思えない」

「それって、重要じゃないですか」

翼は期待を抱く。自分たちの嫌疑を晴らすきっかけになりそうだ。

「怪物の死骸って、どの国でも民間には残さず、大学や政府関係が回収してるって聞いてます。その辺りにコネのある人が怪しいんじゃ？」

「初動では、その線を疑っていました。しかし、それらの団体からこっそり死骸のディテールを融通してもらえるほど、つながりの深い関係者が見つからないのですよ」

警察官僚は残念そうに眉を落とした。

「こうも考えられる。犯人は、誰も気づかない場所に出現した怪物を密(ひそ)かに駆除して、その死骸を参考にして着ぐるみを作ったと……その場合、やはり怪物の出現を操作もしくはコントロールする知識を身に付けていることになります。着ぐるみを用意した人物を特定するのは当然として、我々としては、そのようなノウハウが存在するのならそちらも把握しておきたい。世界中が怪物対策に忙殺されている状況下において、この上ないアドバンテージとなりますからね。と申しますか、この方法を知ることが、そもそも誰の仕業なのかという疑問を解きほぐす近道にもなる、と私は睨(にら)んでいます」

「我々とはどのくらいの範囲ですか」羊川が訊いた。「京都府警、それとも本邦の警察組織全て、もしかしたら日本政府まるごとでしょうか？　ノウハウが存在したとして、それを全世界に公開されるのですか？　それとも、外交や貿易の取引材料として利用するつもりですか？」

「いずれにせよ、知っているものならすぐにでも教えていただきたい」

机に手を突き、輪久井は翼たちを見回してきたが、誰も返事をしなかった。

「場合によっては、刑事裁判の中で、特段の配慮を得られる可能性もあります」

やはり誰も答えない。

嘆息する警視長を横目に、翼は武器について考えていた。

皆が知らない事柄を一人だけ知っているとき、どんな事柄でも、他人を出し抜くための武器になる。今回の場合、犯人の武器は、怪物に関する情報だ。警察も翼たちも、この武器を手に入れなかったら始まらない。

怪物の出現を予測、もしくはコントロールする方法を知る。そのとき初めて、犯人と同じラインに立つことができるのだろう。

「あのお偉い警官に、どうして教えなかったんです？」

輪久井が去った後、清城が話しかけてきた。

「スキャンダルの話ですね」もう、遠い昔のような今朝の出来事を翼は思い返す。議会で岩緑議員の重大なスキャンダルを公表すると予告していた清城だが、輪久井に対して報告せず、翼も指摘しなかった。

「今、教えてもらえるんじゃないかって期待してるんです」

愛想笑いをぶつけると、清流会党首は苦しげにあごを下げた。

「……申し訳ないが、市長にも、議会の皆さんにもお伝えできなくなってしまいました。正直言って、命が惜しいものでね」

「そのスキャンダルと、あの人が殺されたことに関係がありそうなんですか」

「少なくとも、私はそう睨んでいます。岩緑君を死に追いやったのは、十中八九、醜聞の内部にいる人間でしょう。彼を始末するのに容赦がないのだったら、私だって同じです。ここは口をつぐんでいる他なさそうだ」

「清城党首は、岩緑党首の隠し事を暴くことで彼の失墜を期待されていたのでしょうね」

羊川が優しげな声を出した。

「その岩緑さんが殺害された以上、目的は果たしたというわけですか」

「君は冷酷だね」

清城が声を張り上げる。

「袂(たもと)を分かったとはいえ、岩緑君には長年お世話になっていたじゃないか。その恩人が亡くなったというのに、ずいぶん落ち着き払っているね」

「恩人だからこそ、その死に関係がある事柄を黙っておられるあなたに怒りを覚えているのです」

羊川も硬い声を出す。翼としては成り行きを見守ってもよかったが、まあまあ、と清城の秘書が立ち上がったので、仲裁に入ることにした。

「こらこら羊川さん、ボスより先に秘書がヒートアップしないの。命の危機を感じるって言うのなら、無理強いはできないじゃない」

「……申し訳ありません」

　羊川にしては珍しく、しょげているようだ。にっこり頷いてから、翼は清流会党首に顔を向ける。

「現時点で警察は、私と清城さんの面談に興味を持っていない様子です。それでも嘘はつきたくない。もし、八時の面談について聴取されたら、聞かされた話をそのまま答えますけど、構いませんよね」

「その対応で問題ありません」

　年少者相手に動揺を見せたことを恥じ入ったのか、清城は渋々といった風で首を縦に振った。


　それからの数時間も、初登庁以来のめまぐるしさだった。時間が経つにつれ、ことの重要さに気づいた各種マスコミが記者を増員したため、翼は午後だけで三回も記者会見を開かされるはめになった。とはいえ新情報が飛び込んできたわけでもない。同じ説明の繰り返しだ。「わかりません」「現在、確認中です」「警察の捜査中です」などと情報不足を確認するだけの会見は、相当にストレスの溜まるものだった。

　この日の捜査に進展はなさそうだと見切りをつけた時点で、深夜一時を回っていた。

　市長室。そろそろ帰っても許されるかな、と成り行きを窺っている翼の目の前に羊川が座っている。公設秘書や他の職員も何人かは居残っているけれど、この部屋では二人きりだ。

「本当に申し訳ありません」

　思い出したように羊川が頭を下げた。不祥事が発覚した際、お手本になりそうなレベルの角度だ。

「ひょっとして、まだ気にしてるの。清城さんにケンカを売ったこと」

「秘書にあるまじき振る舞いでした」羊川は唇をかみしめている。「経験に乏しく、行動にムラがある政治家をサポートする立場にあるのですから、どのような場面でも冷静沈着を心がけるべきでした」

その認識もどうだろうと思いつつ、翼は話題を変える。

「そんなことより、これからの話だよ。このまま、警察の捜査が難航した場合、私たちはどうなると思う？」

たったの五秒で、羊川は普段の無表情を取り戻していた。

「輪久井警視長の仰ったノウハウもわからないままで、岩緑さんを着ぐるみに閉じ込めた人物も特定できないまま。そんな状況が続いたら、どうすればいいのかという話ですね」

「辞めなきゃダメになる？」

翼は率直な懸念を伝えた。

「輪久井さんは、最後に被害者と顔を合わせた私たちを怪しんでいる感じでしょう。マスコミも同調したら、私、疑惑の市長になってしまう。辞任を強いられる展開になりそう」

「そこまで堅い疑いではないと思います」

羊川は人差し指でリムを整えながら言った。

「私たちの後にも、誰かが被害者に会っている可能性くらい、警察も考慮しているはずです。実際、その通りなのですからね。新聞もネットも、これだけで犯人扱いは難しいでしょう。辞職を強いられる可能性があるのは、むしろ、清城さんでしょうね。知らなかったとはいえ、人一人を殺害したのですから」

「私を助けようとしてくれたのに？」

「それは賞賛に値するでしょうし、勇敢な行為には違いありません。それでも、人命が失われているのです。清流会党首および市議会議員を続けるべきではないという声は一定数上がってくるでしょうし、有権者の声に聡い方ですから、みそぎとか、責任を取るとかいう理由で辞任される可能性は高いと思われます。いずれは再出馬されるでしょうけれど」

「この状況ってさ」

翼は市長室の入口へ近づき、外に誰もいないと確かめてから、

「もしかしなくても、『邪魔者は全て消えた』ってやつ？」

「清城さんは一時的に消えるだけでしょうが……市長にとって、悪いシチュエーションでないのは確かですね」

「清城さんが議会にいない方が、やりやすいのは確かだけどなぁ。迷う」

翼はもう一度入口へ向かい、やはり人気はないと確認してから、

「ちょっと思いついたんだけど、怪物の出現を予測するか、コントロールする方法を探る手段があるかもしれない」

羊川は目を丸くする。

「上手く発見できたら、輪久井さんたちも大喜びするだろうね」

「今すぐにでも実践するべきですよ。何を迷うことが……」

途中で言葉を切り、私設秘書は指先をあごに当てる。

「なるほど。ノウハウが解明されてしまったら、岩緑さんを死に追いやった犯人も、芋づる式に判明するかもしれない。清城さんへのプレッシャーも緩和される……」

何が起こったのか、誰に騙されたのかわからない状況で人を殺害してしまった人物と、仕組み

がはっきりしていて、糸を引いたのが誰なのか判明している状況で人を殺してしまった人物とでは、非難と同情の割合は変わってくるはずだ。事情が明らかになった場合、清城は辞任しない可能性も出てくる。

事態が解明されないままの方が、翼たちにとっては有利な展開となるかもしれないのだ。何もしないか、動くか。

「どうしよう、迷う」数時間前の輪久井のように、翼は部屋の中をぐるぐる歩いた。「遅くまで悪いけど、ちょっと一人で考えさせてくれない？」

「飲み物を取ってきますね」

一礼して、羊川は退出した。

翼はデスクの脇にあるベースケースに目を留めた。子供を助ける際に持って行ったものの、結果的に意味はなかったベースだ。とくに証拠品扱いはされなかったため、そのまま持ち帰ってきた。

弾くか。

音楽の隙間から、新しい発想が降りてくるときもある。そんな経験はないけど、たぶんあるあったらいいなと思う。

ごりごりごりごりごごごごりごりごりごりごりごり。

自分だけが美しいと認めている旋律を奏でる。深夜の市長室、明るすぎるＬＥＤの光と調度品から生まれた影の間に音が染みこんでいく。

お酌を要求してきたあのお年寄りたちの前で、こんな風に演奏した。

あれは気持ちがよかった。世の中にたちはだかっている面倒くさいもの、どうしようもないものを吹き飛ばしたみたいで爽快だった。

その行為を褒めてくれた羊川の言葉を信じて立候補した。供託金も払った（べつに羊川はお金を貸してはくれなかった）。

幸運にも首長の座についた翼は、同じように仕事を進めようと考えた。あのお年寄りたちにベースを浴びせたのと本質的には同じやり方で、この街にあるややこしく厄介な色々をぶっ飛ばしてやろうと意気込んでいた。

すぐに思い知る。それは途方もなく難しい試みだった。

市民のためにならない多種多様な問題ごとは、お年寄りのようにわかりやすく現れてはくれなかったからだ。公共施設の清掃業者を指定する。給食センターの予算を承認する。具体的には、書類に目を通し、押印を繰り返す。それまで政治とは無縁の世界で暮らしてきた翼には、差し出された案件をそのまま肯定していいのかどうかさえ判断できなかった。迷ったとき、助言をくれるのが副市長や、各部署のリーダーや、羊川たちだった。ここに印鑑を押すことで、何が決定され、何が否定されるのか。これらの書類が、翼の前に現れる前には、関係部署の間でどのような利害対立があり、どのような駆け引きが繰り広げられていたのか。そうした事柄を教えてくれる人たちも完全な善意で動いているわけではなく、翼を失敗させようとしたり、手助けはしてくれるものの自分の思い通りに動かそうとしていたりと様々だった。

とにかくこの二年で、翼は市政に関する様々な情報を手に入れた。

たいした取り柄もないと思っていた眉原にさえ、複雑な権力の思惑が渦巻いていたことは、就任前まで予想すらできなかった。

教師の言葉を思い出した。

(民主主義の世界では、皆が王様なんですよ)

小学校か中学校か、どの教師の発言だったかも曖昧だけれど、その表現だけが染みついていた。

日本は民主主義国家だ。投票で議員や首長を選ぶ仕組みなのだから、選ばれた人が偉いわけではない。本当に偉いのは、票を投じる国民だ。選挙とは、ようするに国民という最高権力者が、世の中を動かしていくために最適と思われる「家来」を選ぶ仕組みだとも解釈できる。

極端な言い方をすると、国民の一人一人が王様みたいなものだ。

——けど、今の王様には足りないものがある。

現在、眉原の「家来」を務める翼は、理不尽に気づいていた。

皆が王様だったら、票を投じるにあたって、この街の隅から隅までを知り尽くしていなければいけないはずだ。市長の私は、公共施設や管理制度の面倒くさい事情を知らされている。けれども大勢の市民たちは、同じように情報を与えられているわけではない。

そんなことでは平等じゃない。本当の王様じゃない。

市民という名の王様たち。その眼差しは、昔々の王様みたいに御簾や覆いで遮断されている。

覆いを取り払い、皆を本当の王様にすることこそが私の仕事なんだ。王様の家来が政治家だとしたら、ぶちこわしたり、放り投げたりするばかりが仕事じゃない。丁寧に説明する。王様の視界をクリアにするため、邪魔ものを丹念に取り除く。地道な取り組みを疎かにはできない。この二年、翼はそんな心づもりで歩んできた。市民に求められたとき、あらゆる事柄を説明できるように、市政を隅々まで把握しておく。それが、新米市長の掲げる第一目標だった。

たまにはベースも奏でる。

三十秒ほど経過したとき、羊川が帰ってきた。不快さを隠さない顔だった。演奏が外まで漏れていたらしい。

「今すぐ止めてください。気分が悪くなった職員もいます」

「理解されないもんだよ、真のアートって」

ぶつぶつこぼしながら、翼はベースを片付けた。

「決めたよ。怪物をどうにかする方法を私たちで探し出そう。それが犯人の特定にも、私たちの疑いを晴らすことにもつながると思う」

「警察にお任せするのではなく？」

「悪いけど、輪久井さんを完全には信用できない」

「警視長自身が、岩緑さんの死に関わっていると考えているのですか」

その発想はなかった。

「そりゃまあ、警察の偉い人なら、なんとでもなるかもしれないけどさ……眉原と関係ない人じゃん」

「大ありですよ。輪久井警視長も眉原出身ですから」

知らなかった。だからこそ首をつっこんできたのだろうか？

「ひょっとして、市議会の中に、輪久井さんと親密な人がいたりする？」

「強いて言うなら、宇田議長でしょうか」

意外な名前が飛び出した。

「遠縁ではありますが、輪久井さんとは親戚だと聞いています」

一昨年の忘年会で、輪久井の昇進を自慢していたという。

宇田は議長の地位にあるものの、無所属ということもあってか、市議会にそれほど強い影響力は持っていない。そんな現状に甘んじることができず、権勢の拡大を謀るため、二大政党の党首を一度に排除しようと怪物を動かし、そのフォローを輪久井が担当している――？

そこまで想像を巡らせてから、翼は靄（もや）を払う。いや、論点がずれている。

「輪久井さんがどれだけ怪しいかは後回し。そうじゃなくて、警察という組織自体があんまり信用できないってこと」

翼は小会議室を歩き回る警視長の姿を思い出していた。

「あの人たちが怪物の新情報を手に入れた場合、皆に公表するんじゃなく、政治や経済の駆け引きに利用するかもしれない。それは承服できない」

「露骨なくらい興味を示されていましたからね」羊川にも思い当たる節があるようだ。冷静沈着な警察高官が、この話題に移ったときだけ興奮して見えた。

「ヒントだけ与えてしまったら、こちらにフィードバックしてもらえない可能性があるのは確かでしょう」

「まあそれ以前に、ふんわりしているというか、そんなに具体的じゃないアイデアだからさ、ある程度方向性が決まらないと教えたりできないってのもあるし」

「方針は理解しました。それで、市長は何を思いついたんですか」

この話が終わったら帰ろう、と決意してから、翼は咳払いを一つする。

「まず前提として、この眉原には、怪物と関係する何かが隠されていると考えてみる。岩緑さんに着ぐるみを被せた犯人は、怪物の出現を予測するかコントロールするノウハウを持っていたとして、どうしてそんなことをできる人が眉原にいたのかって話になる」

世界中であらゆる分野の科学者が解析を重ねているというのに、怪物の出現条件に関する法則は確定されていない。そんな状況で、偶然、眉原に世界一の天才が隠れ住んでいたという可能性もゼロではないけれど、翼はそこまでこの街が素晴らしいとは信じていなかった。天才ではなく、手がかりが隠されていたと考える方がまだ現実的だ。

「眉原を調べたら、怪物の発生を予測するか、コントロールするノウハウが――めんどくさいから、『怪物ノウハウ』って言っちゃうね――どこかに見つかるはず。そう考えると、どうして犯人だけが発見できたんだって疑問も出てしまう。長年勤務している職員や、情報を集める権限があるはずの私にさえ手に入らない情報がどこにあったんだろうって想像すると、眉原の古い情報を収集していたのに、今は廃止されてしまった施設が思い浮かぶよね」

「眉原市郷土史料館」羊川は雷に打たれたように背筋を伸ばした。「あの施設が持っていた史料の中に、怪物ノウハウとやらが隠されていたと言うのですか」

「そして史料館廃止の流れを作ったのが眉原革新党だった」

推測の要点にさしかかった。矛盾はないか確認しながら、翼は言葉をつなぐ。

「解体された後、史料館の所蔵物はばらばらになったり、廃棄されたものもあったって話だけれど、それって、本当に不注意が原因なんだろうか。解体を主導した革新党の人たちが、もっと言えば岩緑さんが横取りしたのかもしれない」

かつてのボスを悪く言い過ぎたかな、と翼は少し心配したけれど、羊川はあくまで冷静だった。

「岩緑議員が、怪物ノウハウを手に入れていたと仰るのですか。ですが、彼は殺されてしまった……」

「史料館が廃止されたのは、怪物が出現するずっと前だから、史料を横取りした理由は別の事情があったかもしれないけどね」

自分で発見した矛盾を自分で弁明しながら、翼は先へ進む。

「怪物が現れた時期に、岩緑さんは史料の中から怪物ノウハウを見つけた。どうやってかはわからないけど、ノウハウが本物だって実証も済ませて、公表するつもりだった」

「その前に殺されてしまった」羊川が低い声で繰り返した。「岩緑議員が予告していた重大な情報とは、怪物ノウハウのことだった。殺されてしまったのは口封じでしょうか。岩緑議員とは反対に、ノウハウを公表するべきではないと考える勢力・あるいは個人が、彼を邪魔者と見なしたとか？」

「今考えたけど、それも矛盾するんだよなぁ」

翼は人差し指で自分のこめかみをつつく。

「岩緑議員があぁいう風に殺されてしまったせいで、私も輪久井さんたちも、怪物ノウハウが実在するんじゃないかって考えるようになった。たぶん、マスコミも騒ぎ立てるはず。怪物ノウハウを隠したいなら、本末転倒じゃない？」

「確かにちぐはぐですね」

「この辺りは後回しにしよっか。今、私たちがしたいのは犯人の動機を探ることじゃなく、犯人の正体につながるかもしれない怪物ノウハウの解明だもんね」

「了解です。しかし……ここまで聞いた限りだと、このアイデアも行き詰まってしまいそうですが」

羊川が突然、ひっくり返した。

「史料館の古文書に重大な情報が記されていたとして、どうやってその内容を確認するんですか」

いきなり壁にぶち当たった。

「肝心な部分は岩緑議員が持っていたか、犯人に回収されてしまったとも考えられます。市長であろうと、故人の家捜しをする権限は持ち合わせていません」

もっともな指摘だ。とっさに翼は両方のこめかみを指でつついたが、妙案は出ない。

警察に頼るのではなく、上手く利用できないだろうか？　前言を撤回して、この推測を輪久井にリークする。でも、単なる想像だけで動いてくれるものだろうか？

「あー、ダメダメ。これまでのなし。終わり」

「散々まくし立てて、すぐに諦めないでください」

呆れたように半目になる羊川の前で、翼は背もたれに上半身を預け、天を仰いだ。

「いや……待てよ」

勢いよく起き上がり、顔を机にぶつけそうになる。

「今朝、羊川さんが話してくれたよね。史料館の廃止、最初は上手くいったと思ってたけど、三年後にクレームの電話があったって」

「はい、研究者を名乗る方で」

そこまで言って、羊川も気づいたらしい。

「その人の名前か連絡先、わかる？」

「お名前は記録しています。有力な歴史学会に所属されているそうなので、照会すれば連絡先もわかるはずです」

羊川は自分のスマホを忙しくフリックしながら、

「なるほど、その方なら、紛失した資料の内容をある程度、把握されているかもしれませんね」

一筋の光かもしれないけれど、翼はやる気を取り戻していた。文書のコピーや、重要な画像を保存しているとも考えられる。連絡を取ってみる価値はありそうだ。


「何も教えないよ」

Ｚｏｏｍに映し出された永倉秀華（ながくらしゅうか）博士は、開口一番に言い切った。吊り目がちの瞳が攻撃的な印象を発散しているものの、全体的には幼い顔立ちだ。昔のアニメやコミックに登場する、いじわるな女友達を思い出す。

背後には所狭しと積み上げられた図書・雑誌・巻物・ファイルの山と、真新しい猟銃に仏像、土偶といった様々な骨董品（こっとうひん）。怪物ノウハウを記した資料も、この中にまじっているのだろうかと翼は考える。

岩緑篤が奇怪な死を遂げてから一夜明けた二月六日、九時ちょうどの市長室。朝になって永倉が所属している歴史学会へ連絡先を教えて欲しいとメールを送ったところ、市長名義にしたおかげかレスポンスが早く、八時四十五分の時点で返信が届いていた。それから大阪市在住だという永倉博士に電話をかけたところ、すぐにＺｏｏｍを介して話を聞いてくれると返事があったので、翼としては脈ありと期待していたのだが、甘かった。

「そっちが勝手に廃棄した史料の詳細を知りたいって？　あつかましいなあ。面の皮で防弾チョッキが作れそうだ」

「皮肉を言うためだけに応じてくださったんですか」

翼が揶揄を挿むと、永倉はベー、と舌でリアクションを見せた。博士号の取得者なら飛び級をしていない限り、二十五は超えているはずだけど、その割に子供っぽい。

「あまりに腹が立ったから、面と向かって文句を言いたくなったんだよ。私の研究に不可欠な資料を散々粗末に扱っておきながら、今になって必要だから内容を知りたいとは、手のひら返しにも程があるよな。手首関節の強化手術でもしたのかい？」

「私は一昨年市長になったばかりなんで、昔の市役所とは関係ありません」翼はあえて無責任に振る舞ってみた。「それでも教えてもらえませんか」

「一昨年就任しようが、昨日市長になろうが、眉原市政のトップに立っている以上、過去の愚行だって背負うべきだろうが。謝罪しても、土下座しても許してあげないけどな」

「その内容が、恐怖から人類を救う手助けになるとしてもですか？」

隣に控えていた羊川が異議を唱える。

「それに今現在、殺人事件も発生しています。解決のためにぜひお知恵を拝借したいんです」

「事情は知ってる。なんとかという議員が撃ち殺された件だろう？　警察から、意見を聴かせて欲しいと打診してきたなら、従わざるを得ない」

博士は嘲るように口角を上げた。

「しかし殺人事件の捜査は、市長の管轄じゃないはずだ。警察より先に事態を把握して、優位に立ちたいとか、つまらない理由でアクセスしてきたんだろ？」

お見通しだった。厳密には、そこまで汚い動機ではないものの、警察と足並みを揃えていない点は弁解のしようがない。

「とにかく、眉原の政治家は大嫌い。サヨナラ」

終話の後、翼は羊川と視線を合わせた。

「あの人が犯人かもしれない」

「……態度が悪かったからと言って、悪人呼ばわりはどうかと思います」

「いや、怨恨の線もありじゃない？　史料が行方不明になった事情を把握していたなら、岩緑さんを恨んでいたかも」

「そうだとしたら、ずいぶん迂闊な方ですね」

羊川は呆れた声を出した。話を聞いた限り、史料館の廃棄文書に怪物ノウハウの手がかりが記されていたことはほぼ間違いないように思われた。

「永倉博士の研究ですが、ネット上で閲覧できる論文が数件ありますね」

隣の机でキーボードを叩きながら羊川が言う。

「専門は、郷土史学。一級建築士の資格もお持ちのようです。論文の題材はこんな感じです」

自分の側に向いていたパソコンのディスプレイを、羊川はくるりと翼の方へ回した。

「シュヴァルの理想宮・その意匠とイマジネーションについて」
「大正期・貴族階級の自作建築に関する論考――1910年代のＤＩＹ――」
「北山地方の別荘文化について――昭和初期の歌舞伎役者を中心に」
「近世期・近江商人の仮邸宅に関する考察」

思っていたような研究題材じゃない。もっと幻獣とか、呪術とかの専門家だと思っていた。仮邸宅、別荘、自作建築？　牛頭の怪物と、何の関係があるのだろう。

ヒットした論文のタイトル中、翼も知っていた題材は、四件目に表示された「シュヴァルの理想宮」だけだった。フェルディナン・シュヴァル。百年以上前、フランスの片田舎で生活していた郵便配達員だが、配達途中に拾った小石などを組み合わせて、自分自身のために広大な「宮殿」を建造したことで知られている。時々、アート関連の雑誌やテレビ番組で紹介されるので、翼も覚えていた。

学者には専門分野というものがあり、一定の期間、同じような題材を取り扱い続けるはず。すると他の論文も、同じように思いのまま理想の建築物を追求した人々を論じているのだろうか。

論文のＰＤＦデータを一つ一つ開き、早足で確認する。予想した通り、どの論文もプロの建築家ではなく、自分で考案した設計図を元に（あるいは設計図なしで）別荘や邸宅を作り上げた人々について語られているようだ。永倉博士がどういう分野の研究者なのかはわかった。ただ、これらの論文が、牛頭の怪物にどうつながってくるのかがはっきりしない。

翼の方に回り込んで、一緒にモニター上の論文を閲覧していた羊川にも名案はないようだ。

「どうします？　これ以上、進展は得られそうにありません」

「困ったね。やっぱり諦めて、輪久井さんに教えてあげるべきかなあ」

警察を通じて問い合わせることで博士が口を開いてくれるのなら、全世界的な問題と殺人事件を解決するために、意地を張らない方が得策だろうか。この場合、警察がノウハウを独り占めしないよう、何らかの手を打っておくべきだろう。

「いや、もうちょっと粘ってみよう。輪久井さんに連絡する前に、もう一回博士に当たってみるよ」

翼は近くにあったベースケースに手をかけた。

「私の演奏を聴いてもらう」

「……なんの勝算があるんですか？」

「怒られたけど、あの人、私と気が合いそうな感じもした」

「とてもそうは思えませんでしたけど」

「立場や思想じゃなくてね、口調とか、言葉のニュアンスなんかに、私の音楽が届きそうな手がかりを感じたんだよ。あの人、感性は私と近いところがあるんじゃないかな」

結論から述べると、感性は一致していなかった。

「そのウジムシのふりかけご飯みたいな騒音を、二度と垂れ流してくれるなよ」

演奏を始めて二十秒で断ち切られてしまった。停止したＺｏｏｍ画面を前に翼は立ちつくしている。

「意外といい人なのかな。なんだかんだで、Ｚｏｏｍは開いてくれたわけだし」

「前々から思っていましたけど、市長、変なところで前向きですよね」

スマホを眺めると、九時半を回っていた。十時から市議会だ。あんな事件が発生しても議会は開かれる。自分も岩緑に着ぐるみを被せた可能性を追及されるのだろうか、と考えた翼だったが、こういう場合追及の先頭に立つ有力政党の党首二名の内、一人はあの世に旅立ち、もう一人は片方を撃ち殺した人間だ。今後の議会は、緊張感に欠けた進行が続くと思うと、ほんの少し寂しい。

議場へ向かう準備を整えていると、九時四十五分に議長が面会にやって来た。岩緑を除いた各会派の党首も引き連れている。昨日の件で、怪物に追い立てられたことがトラウマとなり、議場に足を運べない議員が数名見受けられるという。無理もない話だった。

一時的に議場を変更してはどうか、というのが議長たちの提案だった。防犯面を考慮すると、本日、すぐに代替施設を決定するのは難しい。そこでこの日は、特別措置として休会が決定された。

「時間が空きましたね。すぐにマスコミの記者会見で埋め尽くされるでしょうけれど」

羊川が市長室のスケジュール表に変更を加えている。

暇はいいことだけど、調査は進まないなと思っているとスマホが鳴動した。表示されたのは永倉博士の番号だった。


「トナミセイケン」

「はい?」

いきなり聞き覚えのない単語が飛び出した。電波の向こうで、永倉の得意げな声が響く。「図書の図に、東西南北の南、星屑の星に、キーの鍵で図南星鍵。私はこの人物を題材に新たな論文を執筆する予定だった。消失した文書は、この人の日記とか関連書類」

「史料館の件、許してくださったんですか?」

風向きが変わったのはありがたいけれど、なにが功を奏したのかわからない。

「ひょっとして、私の演奏に感動して」

「あれは最悪」

一瞬で否定された。

「許したわけじゃない。市長さんたちを別働隊として利用しようかなって思いついたのさ」

謎めいた言葉を博士は口にした。

「政治家の人から見て、学者や研究者ってどんな風に見える？」

翼は思い浮かべたイメージそのままを伝えた。

「お金や権力なんかに惑わされずに、自分の知りたいこと、興味のある事柄を考え続けてる仙人みたいな人たち、って感じでしょうか」

「それはものすごく好意的な見方。本質は対して変わらないよ。学者の世界も政治家と同じくらい、私利と名誉欲と陰謀にまみれてる」

「派閥を作って、反対する人を追い出したり、無視したりするんですか」

「それもあるけれど、もうちょっと入り組んだ、せこい小細工にも手を染めたりする。例えば研究題材について、結論がAか、Bのどっちだろうって迷ったとする。可能性は半々じゃなくて、Aが九十パー、Bが十パーくらいの場合、ズルい研究者は、同じ研究題材に取り組んでいるライバルに、わざとBの情報をリークするんだよ。そうしてAの線で研究を進めながら、ライバルがBで確実に失敗するかどうか様子を見る」

「博士がご自身の研究についてレクチャーするのは、私たちが最初じゃないって話ですね」

「察しがよくて助かる」

拍手が聞こえる。ハンズフリーで通話しているらしい。

「その相手は、亡くなった岩緑議員のグループですか？」

「ブー」

不正解をクイズ番組風の音声で表現するのって年寄りのセンスだな、と思った翼だったが、黙っておく。

ようするに、博士も怪物ノウハウを完全には把握していない。長良(ながら)川の鵜飼(うか)いみたいに、トリュフを掘り出すイノシシみたいに、翼たちと先行するグループを追い立てて、研究のものさしに利用するつもりのようだ。

「というわけで、最小限度の情報だけ漏らしてあげる」

少しお気楽さの下がった博士の声が、ここから本題ですよと予告している。

「図南星鍵は、アーサー・エヴァンズの発掘調査に異議を唱えた。以上」

いくらなんでも最小限度すぎる。

「あと一声」

「競りじゃねえんだから」呆れ声になりながらも、永倉は追加情報をくれた。

「アーサー・エヴァンズは、一九〇〇年にギリシャ・クレタ島カイラトス渓谷にあるクノッソス宮殿を発見したことで名声を得た発掘家だ」

「ギリシャ、クレタ……」

翼は興奮を隠すことができなかった。ようやく、怪物との接点に行き着いた。

「ギリシャ神話によると、クレタ島にはかつて広大な迷宮が存在した。迷宮の主(あるじ)はミノタウロス。私たちの世代なら、ＲＰＧやアニメの常連だよな。牛の頭を持つ怪物だ」

「なんとかという王様が何かをしたせいで神様を怒らせちゃって、なんか色々あって牛頭の怪物が生まれたって話でしたよね」

「覚え方、雑」

残念な生徒に対する家庭教師の声で、博士は補足してくれた。

「クレタの王、ミノスの許に、海神ポセイドンから生贄(いけにえ)用の美しい牡牛が届けられた。ところがミノス王は、この牡牛が惜しくなって、代理の牡牛を生贄に使用した。怒ったポセイドンの呪いに当てられた王妃は、牡牛に恋心を抱き、名工ダイダロスに作らせた精巧な牝牛の模型に身を潜め、牡牛と交わって子を宿した。生まれた子供が、ミノタウロス」

そんなグロい経緯だったっけ……記憶をたぐったものの、翼は覚えていない。神話を初めて読んだのが児童書か何かで、センシティブな描写は省かれていたのかもしれない。

その後、王は迷宮を作ってミノタウロスを閉じ込めた。ミノタウロスのせいでなんか色々周りの国が迷惑して、どっかから来た勇者があれこれ頑張って、なんやかんやで怪物を退治した……そんな筋書きだったはず。

「神話の詳細はこの際どーでもいい。重要なのは、エヴァンズが発掘したクノッソス宮殿が、ミノタウロスの迷宮と同じものだったのかという問題だ。クノッソス宮殿は複雑に入り組んだ構造をしていたから、普通に考えると、『迷路』を連想するのも無理もなかった。一方で、どう解釈しても『迷宮』とは言いづらい形状だった」

引っかかる言い回しだった。

「『迷路』と『迷宮』って、定義が違うんですか」

「少なくとも古代ギリシャの時点では別物だった。英語でも、迷宮はLabyrinth（ラビリンス）、迷路はMaze（メイズ）。全然違う綴（つづ）りだろう？　簡単に説明すると、一本道で、どれだけ曲がりくねっていても迷う余地がないものが迷宮、ルートが枝分かれしていたり、通路同士が交差していたりするのが迷路。この区別は、時代が進むにつれて少しずつ曖昧になっていったけれど、古代ギリシャ時代に建造されたクノッソス宮殿に迷宮が存在したのなら、その構造は定義通りの迷宮――Labyrinthos（ラビリントス）であるはずだった。つまり迷宮の定義に従うなら、クノッソス宮殿は、ミノタウロスの迷宮とは別物だ。しかしエヴァンズは、自分の発掘した宮殿こそが、怪物の迷宮だと主張した。まあミノタウロスの神話は有名だし、そう主張したい気持ちもわからなくはない」

翼は永倉が最初に教えてくれた話を思い出した。

「図南星鍵は、エヴァンズの発表を信じなかったんですよね」

「図南は近畿地方の歴史に名を残すレベルの大富豪で、帝大で歴史学や建築学を学んだインテリだったから、クノッソス宮殿のニュースもいちはやく入手したらしいね。そしてエヴァンズの見解に疑問を抱き、このままでは、発掘調査が誤った認識のまま後世に伝わってしまうと危機感を抱いた。この辺りの経緯は図南の日記に記されていたんだが……はっきり言って変人だね。二十世紀初頭の日本人が、海外の発掘調査に興味を抱き、その内容に問題があると気づき、間違いを正そうとしていたんだから。ちなみにクノッソス宮殿イコールミノタウロスの迷宮説は根拠に乏しい、というのが現在の通説になっているんだけれど、残念ながらその結論に図南が貢献したわけじゃない。それでも、図南がなしとげたらしいある試みは、風変わりな副産物を生み出した——」

学者や研究者、博士と呼ばれる人たちは、研究成果を他人に語ることが楽しいらしい。永倉の声は、あからさまなくらい高揚していた。上手くおだてたら、ヒントどころか全部教えてくれるかも、と翼が企んだとき、再び拍手の音がした。

「はいっ。ここまで。ここから先は市長さんたちで考えてもらおう」

市長室の壁には市政の歩みや市出身者の著作物、眉原を題材にしたフィクション・ノンフィクションが詰め込まれた本棚があり、その中から抜き取ったのが『眉原市名士録』という古びた大判本だ。市の居住者や出身者の中から、生年が一八四〇年代から一九八〇年代までの著名人をピックアップしている。すごく中途半端なところでおあずけを喰らってしまった翼は、とりあえず手近にある資料で、図南星鍵について調べることにしたのだった。

「すごい。プライバシーの観点ゼロじゃん。住所が堂々と載せてある」

呆れながら翼はページをめくる。図南星鍵の生没年、プロフィールに加えて、自宅・別宅両方の住所と電話番号まで記されていた。この本の裏表紙には最新版と銘打たれているが、続刊が見当たらないのは、個人情報の取り扱いに関する意識が変化したせいだろう。

図南星鍵　1875～1949
大阪市出身。国内の探鉱事業や海外の石油開発事業への投資家として頭角を現し、一時は関西地方随一の富豪として名を馳(は)せた。各種芸術や学術活動に興味を示した趣味人であり、ヨーロッパの写本・硬貨の収集家としても知られている。最も有名なのが普請道楽で、北海道・島根・京都・台湾・中国遼寧(りょうねい)地方にそれぞれ広大な別荘を有していた。1949（昭和24年）、京都市眉原地方の別荘で変死体として発見され、当時のマスコミを賑わせた。

「すごく気になる情報だけで終わってる……」

翼は勢いよく本を閉じる。

「変死ってなんだよ変死って。そこの詳細が知りたいんですけど」

「図南星鍵の名前でサーチしましたけれど、詳しい情報はヒットしませんね」

羊川がパソコンで参照しているのは、市役所で有料契約を申し込んでいる、日本全国の有力紙・地方紙の文面を検索できるデータベースだ。昭和二十四年・図南星鍵のキーワードを打ち込むと各紙の死亡記事が引っかかるものの、死亡時刻や葬儀の予定が出てくるだけで、死因については急死、としか記されていない。少なくとも、警察が乗りだすような最期ではなかったということだろうか？　それとも面倒ごとを嫌った遺族が警察に圧力をかけたとか。

短い記述から、翼はなんとか次につながる手がかりを得ようとする。図南の趣味として紹介されている中で、普請道楽はわかる。百年以上も前に古代ギリシャの宮殿発掘を気にかけていたくらいだから、建築に興味を持っていたのは当然だろう。では、他の趣味はどうだろう？

「写本・硬貨・迷宮・図南星鍵で再検索してくれる？」

翼の指示に従い羊川がキーワードを打ち込んだが、ヒット数はゼロだった。

「写本・硬貨・迷宮でもう一回」

図南を外したのは、彼に関する情報は見つからなくても、残った三つに共通項があるなら手がかりになると考えたからだ。

「『西洋の迷宮図』という記事がヒットしました。平成三年五月十一日の近江周遊新聞ですね。最近の記事なので、イラストや写真も閲覧可能です」

ほどなくして、テキストデータ化された本文が表示された。

・西洋の迷宮図
ヨーロッパやインド、地中海世界などの遺跡や遺物・建築物の床などに散見される特徴的な図像の一つとして、迷宮形象・迷宮図と呼ばれるイメージが残されている。曲がりくねった通路を、円形や方形の中にまとめたものだ。これら迷宮図の源流の一つとされているものが、ギリシャ・クレタ島のクノッソス宮殿周辺で発掘される硬貨などに彫り込まれている「クレタ型迷宮図」と呼ばれる模様である。

実物ではなく、図像の中に作り出された迷宮にはなんらかの呪術的要素が含まれていると推測されているが、これらが伝播（でんぱ）した経緯や、正確な目的についてはいまだに判明していない。

本文には画像ファイルが数点、添付されており、キャプションも並んでいた。
・紀元前二世紀頃、クノッソスで使用されていた硬貨の裏面に彫刻された迷宮図
・フランス・シャルトル大聖堂の床に現存している迷宮の模様
・中世ヨーロッパの写本に記された迷宮図の一例　写本迷宮図は膨大な点数に及び、迷宮図を集めた解説書でも網羅しきれないという
・スペイン・バスク地方に伝わる「かたつむり舞踏」の進行ルート。踊り手の位置が交差することなく円を描く様は迷宮内の移動を連想させるが、この舞踏の源流は、ミノタウロスを討った勇者・テセウスが舞った「鶴舞踏」が源流だとされる
・一世紀、火山噴火により溶岩に埋もれた都市・ポンペイの柱に記されていたという落書き。迷宮の絵の上に、当時の言葉で「ミノタウロス」の文字が記されているという

「形はばらばらだけど、大体一本道だね」

画像を一つ一つ指でなぞりながら翼は言う。中には途中でルートが分かれているように思われる迷宮図もまざっていたけれど、これは時代を下るにつれ、迷路の定義と混同された結果だとも思われる。記事の中には、「クレタ型迷宮図の描き方」というマニアックの極みみたいな画像も添付されていた。試しに翼も一枚描いてみた。

「つまり図南星鍵は、迷宮図を収集していた」

ペンをメモ帳に巡らせながら翼は言う。写本と硬貨はわかりやすい収集物というだけで、きっと、様々なものに刻まれた、世界中の迷宮図を参考にしていたに違いない。何のために？　おそ

書写：利根川翼　（黒が壁面）

らく、迷宮図を参考にして、実際にミノタウロスが住んでいた迷宮を再現するためだ。

「図南が変死したっていう眉原の別荘は、探したらすぐに見つかるだろうけど、その前に、別荘で何が起こったかについて、もうちょっと詳しくわからないかなあ」

会期もあるし、マスコミ対応にも時間を削られる。無駄足を踏みたくなかった。

「検索ワードを変えてみましょう。スキャンダルめいた話の場合、本名を打ち込まない方が賢明かもしれません」

続いて羊川は、変死・昭和二十四年のキーワードを使用した。

洛外で実業家変死　昭和二十四年六月一日
京滋風聞新報

「一件、それらしいのがヒットしました。京滋風聞新報は、スキャンダルやエログロを好んで記事に上げていた、いわゆるカストリ誌の類ですね」

羊川は表示されたタイトルをクリックした。スキャンされたモノクロの紙面が現れる。

さる五月二十九日、京都眉原でとある富豪が奇怪な死を遂げた。このお大尽は怪奇趣味をちりばめた館を津々浦々に構えており、眉原の別邸は、古代ぎりしゃ、みのたうろすの住処(すみか)を模した建物であった。近隣住民は、氏が神話に憧れるあまり、牛頭人身の怪物をいずこより調達して迷宮の中で飼っていたと噂(うわさ)している。官憲によると、氏の死因は撲殺と見受けられるそうだが、とても人間の力で殴打したとは思えないほど、全身が歪み壊れていたという。

つまるところ氏を殺めたのは、現代に甦(よみがえ)りし、みのたうろすか？　怪物の行方は、杳(よう)として知れないままである。

翼は羊川とハイタッチを交わした。少なくとも、永倉にヒントをもらった甲斐(かい)はあった。エヴァンズの発掘結果に納得できなかった図南は、これこそが真実と信じる迷宮の現物を別荘地に再現した。それはいい。問題は、その中で怪物を飼育していたというゴシップだ。

噂が本当で、この牛頭人身が今回の怪物と同種だったとすれば、図南星鍵はそいつをどこから連れてきたのだろう？　岩緑が別荘の存在を知っていた場合、怪物ノウハウをどうやって手に入れたのか。

「もう一度、岩緑さんの思考をトレースしてみよう」

データベースを閉じて、翼は羊川に向き直る。

「史料館が廃止されたとき、岩緑さんは図南星鍵関連の文書を手に入れた。この時点で、図南星鍵の情報を知りたがったのはどうしてだと思う？　怪物なんて、まだ影も形もなかった時期なのに」

羊川は無言で瞑目(めいもく)している。岩緑の人物像を呼び出して、解答を得ようとしているのだろうか、と翼が想像していると、五秒程度で目を開いた。

「岩緑議員は派手で、大衆にわかりやすい事業や施策を好む人でした。図南星鍵の迷宮を、観光客誘致の目玉にするつもりだったのではと推測します」

「あー、やりそうだね」

岩緑とは二年程度の付き合いしかない翼にとっても、リアリティのある話だった。この眉原は世界最大級の観光都市である京都市と隣接しており、そちらからのアクセスも悪くない。大富豪が謎の死を遂げた迷宮状の別荘、という触れ込みなら、アピール次第で、ちょっとしたブームを生み出せるポテンシャルは備わっていそうだ。迷宮を公開するなら、学芸員や警備員が必要だろうが、その辺りの人材を岩緑の関連企業から引っ張ってくることもできる。

翼が納得している間、羊川は、叩きつけるような激しさでパソコンをいじっていた。「やはりです。図南星鍵の別荘跡地は、現在、岩緑さんの関連企業が所有しています」

翼は岩緑と最後に会ったときを思い出していた。

適当に聞き流していたけれど、保養のために別荘跡地を吟味しているとか話していた。有名な資産家の、市境にある別荘跡地……あれは図南星鍵の別荘地だったのか。

「なるほどね。永倉博士は、図南星鍵関連の文書を読んだ。岩緑さんは、それに加えて別荘地を手に入れている。たぶん、そこに怪物ノウハウそのものか、ノウハウにつながるヒントが隠されていたんだよ。最初のうち、岩緑さんはそんなもの信じなかったけれど、去年になってミノタウロスを思わせる怪物が出現した。そこで岩緑さんは、どうやってかは知らないけどノウハウをテストして、本物だとわかった」

結論として言えるのは、重要な情報が別荘に眠っているということだ。岩緑が殺害されたのに、永倉博士が無事でいる理由もこれで説明がつく。

これは、足を運ぶしかないだろう。

十時過ぎ、裏口から市役所の外へ出ようとした翼たちを、数人の記者が追いかけてきた。うざっ、という言葉を飲み込んで、いくつかの質問に応じる。昨夜から引き続き、「わからない」が回答の大半だった。

どちらへ向かわれるのですか、という質問が厄介だった。適当にごまかそうかとも考えたけれど、疑り深い記者に尾行でもされたら面倒だ。嘘をついた、と書き立てられてしまう。よくもわるくも正直な政治家、というイメージは大事にしたかった。

「亡くなった岩緑議員について、少し気になる情報を入手いたしましたので確認に向かいます」

こういう場合は、素直に限る。なおも質問を重ねようとする記者たちに一礼して、翼たちは公用車に乗り込んだ。

「あんなことを教えてよかったんですか」ハンドルを操りながら羊川が訊いてくる。「マスコミに先を越されてしまいます」

「越されるならそれでいいんだよ」翼はサイドウインドウを開け、入ってきた風が冷たすぎたのですぐに戻した。「もしかしたら、輪久井さんや清城議員がもっと先にいて、怪物ノウハウを独り占めにしちゃうかもしれないしね。それならマスコミにばらされた方がまし」

昨日の夜、ベースをごりごり奏でながら考えたことだ。怪物ノウハウがどんなものだろうと、眉原の全市民には、それを知る権利がある。本物の王様になってもらうためだ。

翼は思う。情報こそが、現代の王冠なのかもしれない。

ほんの数十年前まで、京都市南部と隣接する市町村の周辺には、玄武池という名の水場が広がっていた。サイズ上は池というより湖と呼んだ方がふさわしいかもしれないこのエリアは戦前の干拓事業で埋め立てられてしまい、今ではニュータウンと農地に姿を変えている。図南星鍵の別荘は、この玄武池の畔に建っていた。

かつては水面だった道路の突き当たりに車を停め、外へ出た翼の視界に入ってきたのは、「図南星鍵別荘地跡」と記された石碑だった。その後方に十数本の大木がそびえている。

数十年前に迷宮が存在したと思われる土地は、現在、ただの空き地だった。岩緑議員の関連企業が所有しているという話だったが、ありがたいことに有刺鉄線や垣根で閉ざされてはいない。

手入れの行き届いていない公園に近いイメージだ。百坪強の正方形を木々が取り囲み、重なり合った枝が空を半分近く隠している。ほとんど丸裸の枝ばかりなのにこの暗さだから、緑の季節なら、日光はほとんど遮断されてしまうだろう。四角形の大半は、落ち葉の絨毯で覆われている。

「枯れ木のドームみたい」

翼は落ち葉に足を踏み入れた。葉っぱの形が一つではないので、数種類の木がまざっているらしい。スマホをかざし、画像検索機能にかけると、ブナ、ヒノキ、ムクなどと樹種が表示された。

「思ったより、何もないねえ」

翼は木々と落ち葉を見比べた。隣接する東側の土地で工事が始まっていなかったら、どこからどこまでが別荘跡地かも区別が難しかっただろう。隣の工事現場は灰色の仮設フェンスが取り囲む正方形のスペースで、こちら側とほぼ同じくらいの面積だった。入口は南面の一カ所のみ、「工事中」の看板の前に警備員が立っていた。フェンスが十メートル以上あるため、クレーンやショベルカーの一部が時折首を覗かせる以外、中の様子はわからない。マンションでも建てるのだろうか。この辺に建設計画なんてあったっけ、と首を傾げる翼だったが、今、大事なのは別荘跡地の方だ。

足元に密集している落ち葉を蹴飛ばすと、下から黒く細長い節足動物がかさかさと現れ、二人の間を逃げ去った。

「きゃあっ」

羊川が足をもつれさせたので、手を取ってあげる。

「大丈夫？」

「ど、どうも」

助けられたことが屈辱だと顔に出ていたので、すぐに翼は手を離した。

「羊川さんも『きゃあ』とか言うんだね」

「言ってません」

「いや、聞こえたよ？」

「そんなことより、市長も足元に気をつけてください。ムカデは嚙まれたら腫れがひどいですよ」

「今のはムカデじゃなくてヤスデ。肉食じゃないから嚙まないよ。節の一つ一つから、一対ずつしか足が生えてないのがムカデ。何本も生えてるのがヤスデ」

「数える余裕なんてありませんよ」

「触ったらうがい薬みたいな香りが立つのがヤスデ。立たないのがムカデ」

「触る勇気がありません」

「羊川さん目がいいから、次は区別できると思う」

何度か落ち葉を蹴り払うと、二匹目の節足動物が現れた。今度は逃げ方を間違えたのか翼の靴の上に乗っかり、何もしないでいるとまた落ち葉に潜り込んだ。

しばらく黙って眺め、視界の外へ這って消えたのを確かめてから、翼は言った。

「きゃあー」

「怒りますよ」羊川には珍しく、頬が赤い。「今のは見えました。ヤスデでしたね」

なんだか楽しくなって落ち葉を払い続けていた翼は、不自然さに気づいた。

「ところどころ、葉っぱが盛り上がってない？」

あちこち歩き回り、落ち葉のつもり具合を確認する。他の部分に比べて盛り上がっているように見える部分の葉を払うと、地肌に線が伸びていた。幅三十センチ近い漆喰（しっくい）の線だ。高さは一定ではなく、部分部分で低く削れたり、盛り上がったりを繰り返している。伸びる方向もまっすぐではない。所々で折れ曲がり何度も方向転換を繰り返していた。

「これ、迷宮の壁だ」

しゃがみ込んだ翼は漆喰を撫でた。区切り壁がこういう素材で構成された迷宮があった場合、解体するところのような形が残るだろう。これまで辿ってきたルートから判断する限り、「迷路」ではなく、永倉博士のレクチャーに則（のっと）った意味での「迷宮」だ。漆喰の線は二本ワンセットで平行を保ったまま方向転換を繰り返している。枝分かれはない。

「最近壊した感じには見えませんね」

羊川がスマホを眺めているので覗き込むと、グーグルストリートビューが表示されていた。駐車場からの画像だが、半年前、五年前も落ち葉の有無以外に変化はないようだ。

確かに基礎部分の所々から生えている苔（こけ）には年月が感じられる。少なくとも、岩緑がここを購入した頃や、怪物ノウハウを把握したと思われる時期に壊した風ではなかった。

迷宮は実在した。これは間違いない。

ただ、翼が想像していたような状況ではなかった。さすがに往時そのままの姿が残っているとまでは期待していなかったものの、ある程度、壁や調度品は無事だろうと想像していたのだ。そういうところから、岩緑は怪物ノウハウに関するなんらかのヒントを得たのだろうと踏んでいた。跡地の所有者だったからこそ、じっくり調査することで何かをつかんだのだろうと想像していたのに、ここから何を探せばいいのだろう？

「市長、このまま探索を続けますか」

羊川が今後の方針を確認してくる。「何かが隠されているとしても、この落ち葉の中、当てもなく探し回るだけでは成果も期待できません。人手を集めるか、この方向からの調査は断念するか」

「一旦、戻ろうかなあ。記者さんには、なんて説明しよう」

翼は近くにある木々を見渡した。落葉（らくよう）が済んだ上に乾燥しているので、素手でもとりつきやすそうだ。手頃な枝に手をかけ、膝を上げる。

「何をするつもりですか」

下から樹皮を伝わってくる羊川の声に、「迷宮の広さを見たい」と答える。迷宮の壁がどこにあるかは、落ち葉の盛り上がりで推測できる。高い位置から眺めることで、迷宮全体のサイズを確かめるつもりだった。

しかし三メートル程登った辺りで、手をかけた枝の樹皮が割れ、バランスを崩した。落ち葉の上に背中から落下する。

視界を掠（かす）めた風景に驚かされた。

「大丈夫ですか！」

駆け寄ってきた羊川に、平気、と手を挙げて返事した。

「いたた。簡単に登れると思ったんだけどなあ」

「市長、そんなに木登りがお得意だったんですか」

「やったこともない。なんとなくできそうだと思っただけ」

「……時々思うんですけど、変なところで自信過剰なの、なんなんです？」

つむじの辺りがむずむずする。手で払うと、三センチ程度の蜘蛛（くも）がぽとりと落ちた。

しばらく蜘蛛を眺めた後、

「きゃあ」

「それはもういいですから」

うんざりした顔の羊川を横目に、翼はもう一度大木の方へ歩みを進めた。

「もう一回、登る」

「落ちたのが悔しかったんですか。そのガッツ、今必要ですか？」

「そうじゃなくて、見えたの、隣の敷地が」

今度は細心の注意を払って手をかけながら、翼は先程と同じ、地上三メートルくらいの位置にある太めの枝に膝をからめた。木立の間から、隣接する工事現場が見える。設置作業の途中なのか、フェンスに切れ目があるためだ。

「やっぱり。見間違いじゃなかった」

「何が見えるんですか」

先程は一瞬だったため、マンションか何かの基礎構造がそんな風に見えただけかもと思われたが、これで確実だった。

「迷宮だよ」翼は下にいる羊川へ声を落とした。

「隣の敷地でも、迷宮を作ってる」

かつて迷宮が実在した土地の隣で、新しい迷宮を建設している。

隣は漆喰壁ではなく、棒状の鉄骨を並べた上にモルタルで塗り固めるという工法を採っている

書写：利根川翼　（黒が壁面）

ようだ。一方で、レイアウト自体はこちらに倣っているらしい。

期待した通り、樹上からは落ち葉の盛り上がりで、失われた迷宮の形がわかる。敷地を一回りサイズダウンした正方形の中に、カーブを直角にアレンジしたクレタ型迷宮図を押し込めたような形状だった。そのデザインが、隣の敷地で現在建設中の迷宮と一致している。向こう側は建設途中で、こちら側も全ての迷宮跡をチェックできるわけではないためある程度は推測するしかないものの、少なくとも偶然の一致ではないだろう。

「あっちの迷宮、こっちの迷宮跡をコピーしてるみたいだよ」

大木を下りて見たままを伝えると、さすがの羊川も普段のクールさを維持しきれず混乱している様子だった。

「……なんのためにそんなことを？」

翼にも不可解だったが、ここは素直に考えた方がいいのではと思い直した。

「今更な疑問だけどさ、ミノス王は、ミノタウロスを、どうやって迷宮に閉じ込めたと思う？」

「神話の描写が曖昧なので、色々と解釈が分かれるようですね。一説には、迷宮に閉じ込めたのではなく、ミノタウロスの周辺から建設を始め、迷宮で覆い尽くしたとか」

それはそれで、難しいような気もする。知能指数が不明とはいえ、自分の周りで建築工事が始まり、閉じ込められつつある状況を見逃すような怪物だろうか？

「これは私の勝手な解釈だけど、迷宮はゴキブリホイホイなんじゃない？ 特定の形状、つまり写本や古代の硬貨に残されているようなルートで迷宮を作ると、牛頭がふらふらとおびき寄せられてくる。奥まで入ったら、二度と出られない」

「分岐点のない構造なのにですか？」

「そこはホラ、あの怪物にしか通用しない魔術的なアレが働くとかで」

「否定する材料は見当たりませんね。市長の推測が正しいとして、現在、お隣で迷宮を建てようとしている人たちは何者なんでしょう」

「直接聞くのが早い」

言うなり、翼は落ち葉の絨毯を抜けて石碑の場所まで戻ってきた。羊川がついてくるのを確かめた上で、工事現場の入口に向かう。最初に来たときは気にも留めなかったが、看板の横に小さな印字で工事の詳細が記されていた。様々な法令上の根拠や責任者名の隣に、「実験棟」という文字が見えるものの、これだけで詳細を窺い知るのは難しい。この現場も眉原市内にあるはずだが、申請を受理した記憶もなかった。工事の内容によっては、市長の許可を要しない場合もあるからだ。看板の前にいる警備員の制服は見覚えのあるデザインだった。いくらなんでも犯罪者の変装じゃないよなと判断した上で、翼は声をかける。

「どうもご苦労様です」

「ご苦労様です」

敬礼しつつも、警備員の視線は何か言いたげだ。翼には見覚えがある。この人、誰だっけ？という困惑の表情だ。以前の翼がそうであったように、大半の市民は市長の顔なんてはっきり覚えていない。翼の場合若くてかわいい（自己評価）からインパクトはあるものの、若干気づきやすくなる程度だろう。こちらから教えてあげる必要がある。

「ご苦労様です。市長です」

「あっ……どうもお疲れ様です」

恐縮するような顔で、再び敬礼された。この反応ならいける、翼は確信する。

「事情は把握しています。現場を視察しても構いませんか？」

どうぞ、と差し出されたヘルメットを二つ受け取り、翼と羊川は仮設フェンスの内側に入った。内部は、同じ色のフェンスに再び区切られていた。正方形の中に、少しだけ小さな正方形が収まっている状態だ。このフェンスは単なる覆いなのか、フェンス自体が迷宮の外壁なのかは判断がつかない。

正面に入口は見当たらないので、とりあえず右手へ向かう。警備員から説明がなかったということは、どちらに回っても大差はないのだろう。

「思ったんだけどさ」

隣の羊川へ、クレーンの駆動音を縫うように囁（ささや）いた。

「市役所や政治家と全然関係ない工事をしているところに、私がやってきて、見せてください、って頼んでもさっきみたいな反応じゃないよね。たぶん入れてもらえない」

「さっきの方は、ここで行われている迷宮建設に、市長が関わっていると勘違いされたわけですね。すると施工主は市議会議員でしょうか」

翼は市議会に巣くう魑魅魍魎の中から、何人かの顔を思い浮かべる。

「怪しいのは……革新党のナンバー2辺りかな」

ハズレだった。

右手の角を曲がったところで出くわしたのは、眉原清流会党首・清城知治だった。


曲がり角の先は数十メートルほど前方にバリケードが設けられており、どうやらその先が工事現場の入口らしい。砂利道の所々で作業員が腰を下ろし、休憩を取っている様子だった。あちこちに私物とおぼしき鞄も転がっている。

翼たち同様、ヘルメットを頭に被った市議会議員は、目を丸くして駆け寄ってきた。

「どうしてここに?」

それを訊きたいのはこっちですよ、と言ってやりたかったけれど、ここは正直に答えることにした。

「眉原市郷土史料館です」

「ああ、やはりそこからでしたか」

納得したのか、清城は何度も首を縦に振る。

「とはいえ、たったの一日で目を付けたのはたいしたものですな」

上からの物言いが癪に障らないでもない翼だったが、清城にはベテラン議員のアドバンテージがあるのだからそんなに悔しくはなかった。

「以前からご存じだったんですね。ここの別荘も、図南星鍵の死についても」

「史料館が廃止されてしばらく経った頃、所蔵文書の一部が行方不明になっているという噂を聞いたのです。これを絶好の敵失と見なした我々は、革新党の政策を攻撃するために文書に関する情報を集めました。永倉博士ともお話はされましたかな？　そうですか、私もあの人から、図南星鍵について教わりました」

当時の永倉博士は、論文に必要な文書が紛失したことに対して激怒していただろうから、元凶である革新党の対抗勢力に対して口が軽くなったとしても頷ける話だった。

「しかしながら、結局、この件を革新党や岩緑君への攻撃材料にする計画は立ち消えになってしまいました。嘆かわしい話ですが、史料館の重要性を理解している市民は少数派で、それは清流会の党員も同じでした。市民の怒りをかきたて、革新党を悪役扱いするには、パンチが足りないと判断したんです」

「しかし事情が変わった。牛頭の怪物がファンタジーではなく、現実に出現してしまったからですね」

羊川はフェンスに視線を注いでいる。こちらの工事現場と、別荘跡を隔てる壁だ。

「図南星鍵が造り上げた迷宮には、特別な力があったと考えていらっしゃるんですね。同じものを、お隣で再現するおつもりなんですか」

「別荘跡は岩緑君の所有地だ。勝手に壁を作り直すわけにはいかないからね。しかし隣接する土地を買い上げて、お隣の地面に残っている痕跡を頼りに壁を張り巡らせるくらいなら、とくに問題はない」

「わざわざ隣に造らなくてもよくないですか？」

翼は清城に視線を合わせる。

「岩緑君が、再現方法に関してより多くの情報を把握している可能性も高かったものでね。お隣で、パク――その、参考にしたかったんですよ」

「いつから工事を始めたんですか」

「去年の年の瀬からです。旧知の施工業者に声をかけて、人員と工材を集めました。迷宮が完成した際、間違いなく何かが起こるという保証はありませんから、本来は、ゆっくり仕上げるつもりだったんですよ。少し前まで、岩緑君に悟られないよう、様々な配慮が必要でしたから。しかし岩緑君が亡くなったせいで、ピッチを速めざるを得なくなった」

清城は岩緑を意図的に殺害した犯人として逮捕されかねない状況にある。一方で輪久井警視長は、怪物ノウハウを提供してくれるなら、ある種の取引も可能だと匂わせていた。

完成した迷宮から有意義な情報が見つかった場合、輪久井に、ひいては警察に恩を売るつもりなのだろう。

「それにしても清城さん、お金持ちなんですね」

皮肉ではなく、翼は素直に感心していた。当選するまで政治家と言えば資産家というイメージを持っていたけれど、現在は、必ずしもそうではないと知っている。大物議員なら、公共工事に食い込むことで利権を押さえ、地元に多大な影響力を及ぼすことも可能だが、権力や政治力は、必ずしも財布の分厚さを保証するものではないはずだ。

にもかかわらず、そこそこ手広な土地に迷宮を建設できる清城は、株か何かで成功したのだろうか？

「いや、私一人ではとてもとても」

笑い飛ばしながら清城は右手を左右にスライドさせた。

「全額、スポンサーが負担してくれるんです。正確には協力者と呼ぶべきでしょうかな」

「大富豪とか、ＩＴ長者みたいな人ですか」

「市長もご存じですよ」

清城には珍しく、悪戯小僧のような笑みを浮かべながら、周囲を見渡している、砂利道の側に重ねられている鞄の中から、ひときわつやのいいものをつかみあげた。どうやらこれが清城の私物らしい。中から取りだしたのはＡ４サイズのタブレットだ。電源を入れ、なにやら操作している。

「迷宮を再現できたら、何が起こるのか？　つい先程アップされた動画の中で、協力者が仮説を披露しています。なかなかに筋が通った説明ですので、市長もご覧ください」

動画の再生が始まった。映し出されているのは、こちらと同じような工事現場だったが、作業員の容姿と飛び交う言葉から、日本ではないとわかる。

画面右側から、カウボーイスタイルに身を包んだ男が現れた。テンガロンハットがやけに大きい。銀色のモデルガン（おそらく）を構え、視聴者に向かって発砲のふりをする。

一瞬、翼は誰なのか思い出せなかった。前回目にした動画とは服装が変わっていたからだ。気づいたのは、モデルガンのおかげだった。拳銃。拳銃を使う仕事。警官！

「バーン。コメント、チャンネル登録ありがとう。本日も、怪物についての秘密情報を公開するよ！」

それは、史上六番目に怪物と出くわしたテキサスの警官、モーリス・ジガーだった。

第三章　強化現象

　怪物は世界各地で発生している。大勢の人間が牛頭を目の当たりしていたが、世界人口八十億人の中では、まだまだ少数派だった。だから怪物に出くわした人間が、その経験を克明に語る行為はそれ自体がコンテンツとして成立する。

　書店を覗(のぞ)いたら、それまで平凡な一般市民だった著者が牛頭と遭遇した日のことを回想する手記——たいくつな生い立ちや日常描写が大半を占める内容ばかりだが——が何冊も並んでいるし、動画配信サイトで体験を語る「怪物系ユーチューバー」もちらほら現れているようだ。先日の議会でモーリス・ジガーの動画を観たとき、この警官もそういう目立ちたがり屋の一人だろうと翼は思ったものの、遠く離れた日本の政治家に援助を申し出るような大物だとまでは知らなかった。

「もう警官じゃないそうです。動画配信の広告収入や、講演だけで一月十万ドル以上を稼いでいるらしいですよ」タブレットの音量を操作しながら清城は言う。壁一つ隔てて迷宮の工事が進行しているため、彼の声も動画の声も、ボリュームゲージを二倍にしなければ聞き取りづらかった。

「一口に怪物系と言っても天地の格差があるみたいですが、彼はトップクラスですな。キャラクターも立っているし、話も上手(うま)いから、すぐにスポンサーが集まってきたとか」

「思い切った転身ですね……」

アメリカンドリームってやつだろうか。呆れる翼だったが、清城の視線は、お前も人のことは言えないよと言いたげだった。気を取り直して、タブレットに目を移す。カウボーイルックの元・警官が、いくら欧米人でもここまではしないだろうというオーバーアクションで早口にまくし立てている。ほぼ同時に日本語字幕が表示されるのは、議場で観た動画と同じだった。

背景がいつの間にか工事現場から宇宙空間に変わっている。何の意味があるのだろうと思っていると、地球が浮かび上がってきた。ジガーが撫で回すと、各大陸のあちこちに赤い光点が現れた。南北アメリカ、ユーラシア大陸を中心に、数十カ所が光っている。日本列島に一カ所だけある光点は、近畿地方の中央だった。この工事現場だ、と翼は気づく。

「現在、世界五十六カ所である実験を敢行するための準備を進めている。実験開始は一週間後の予定だ」

モーリスがもう一度撫でさすると、地球は姿を消し、宇宙空間に飛行体が出現した。球体と円形を組み合わせた、ものすごくわかりやすいデザインのＵＦＯだ。

「実験とは何か？　それを語る前に、あの牛頭の目的について説明させて欲しい。八ヶ月前、オーストリアの片田舎に最初の牛頭が出現したときから、皆が疑問に思っていたことだ。あいつら何が楽しいんだ？　俺たち人類を襲ってどうするつもりなわけ？」

モーリスが人差し指でＵＦＯをつつくと、未確認飛行物体はゼリーのようにぷるぷると震えた。

「一番わかりやすい、たぶん、幼稚園児でも頭に浮かぶ解釈は、宇宙人が俺たち人類を皆殺しにするために送り込んできた、ってものだ。ただ俺たちが邪魔で消したいと思ってるだけかもしれないし、近頃腐り始めてるとはいえ、まだまだ魅力的なこの星の環境を乗っ取るつもりかもしれない。当初、大勢の人間がそんな風に考えていたはずだ」

でもな、とモーリスは再びＵＦＯをつついた。

「今となっては、この解釈は少数派になっちまった。なぜって、みんなわかってるよな？　あいつらが弱すぎるからだ。正確には、微妙な強さ、と言うべきかもな。丸腰で一対一なら確かにキツいけれど、ショットガンでも用意できたなら楽勝だ。ゴジラみたいなばかでかくて放射能を吐くような大怪獣ならともかく、こんな中途半端じゃあ、人類を滅ぼすなんて難しい」

ここでモーリスはちっちっちっ、と舌打ちを繰り返し、人差し指を左右に振り子のように動かした。

「し、か、し！　聡明（そうめい）な俺は、この解釈を本当に打ち捨ててもいいものか迷った。悩んだ！　確かに怪物は弱い。中途半端だ。なんとかなってしまう強さだ。けどな、そいつは、人類の文明が発展しているからだ。そこらへんの主婦でも、怪物が恐ろしいと思ったら、銃器を、防護服を、ジュラルミンのシールドをウォルマートで調達できるような社会に住んでいるからだ。では原始時代の人類だったらどうだろう？」

動画の中でふざけた恰好（かっこう）をしたままの元・警官を翼は見直しつつあった。自分が考えもしなかった可能性に言及しているからだ。隣でタブレットをかざす清城も、覗き込んでいる羊川も、真剣に見入っている様子だった。

「原始時代なら、全く倒しきれないとまではいかないにせよ、それなりに苦戦はするだろう。死人や負傷者の数も、現在の数倍から数十倍に跳ね上がるだろうな。あの怪物は、現代なら楽勝だが、原始時代ならキツい。ここまで考えて、俺の中にクールな思考が舞い降りた！　あの怪物は、今の俺たちじゃなく、俺たちの遠い祖先を全滅させるために送り込まれたものなんじゃないかってさ」

「どうです、私が興味を示した気持ちがおわかりでしょう」清城が得意げに目を細める。「怪物系ユーチューバーの中には、ことさらに危機をあおりたてて自分の政治的思想に同調するよう誘導したり、このおかげで怪物に殺されずに済んだと言い張って怪しいペンダントを購入させる手合いも散見されますが……この男は違います。まあ、金銭欲や功名心もないわけじゃなさそうですが、根底にあるのは知的好奇心ですよ」

賞賛など知るよしもないモーリスは、陽気さを保ったまま早口になる。字幕の表示速度も上がった。

「何千年、もしかしたら何万年、何十万年かもしれない大昔に、俺たちの先祖は、地球外生命体に見つかっちまった。宇宙人がどんな恰好をしていたかはこの際重要じゃないから、めいめい適当に想像してくれ。とにかくこいつらは、原始時代の人類に好意的な印象を持たなかった。たぶん、花壇の草花をめくって、葉っぱの裏側に虫がくっついてるのを見つけたときみたいな気分だったんじゃないかと俺は想像する。やっこさんたちは考えた。この虫共は、ずっとこのままだろうか？　このまま表へ出てこないようなら生かしてやってもいい。けれどもうじゃうじゃ増えて、花壇を埋め尽くすようなら我慢がならない……つまり、害虫駆除の考え方だな」

背景が宇宙空間から果樹園に切り替わる。モモの仲間とおぼしき果樹が立ち並ぶ合間に、マスク姿の作業員がスプレーを持って歩き回り、噴霧処理を繰り返している。お疲れ様、とモーリスは作業員の肩を叩（たた）いた。

「これは元同僚のジミーが夢中になってたウェイトレスに教えてもらったんだが、ガーデニングに何年も熱中していると、害虫をゼロにするのは不可能に近いって悟らざるを得なくなるらしい。いくら草花に駆除剤を振りまいても、おろそかになっちまうポイントは出てくるから、どっかで卵はかえっちまう。だから待ち伏せ効果のある駆除剤にニーズが集中するそうだ。あるポイントに散布しておくと、植物に薬剤が吸収されるような感じでしばらく効果が続いて、害虫がそこを通りかかったとき、薬液がまとわりついて死に至る……俺はさ、牛頭の怪物も、そういう『待ち伏せ』なんじゃないかって考えるわけだ。待ち伏せ駆除剤じゃなくて、待ち伏せ駆除装置。こいつらが、どういう仕組みで出現するのかはわからない。異星人の科学技術でそいつらの星から転送されてくるのか、ナノマシンの類がこの星のいたるところに散らばっていて、必要になったときに怪物を組み立てるシステムなのか、そこのところは偉い科学者に解析してもらうしかないがな」

モーリスの発想に感心しながらも、翼は疑問も抱いていた。迷宮はどうなったんだろう。牛頭の怪物が待ち伏せ駆除剤のような存在だったとして、迷宮はどう関わってくるんだろうか。

「ここまでの話を聞いて、視聴者の皆には引っかかるところがあったと思う。怪物が、俺たちのご先祖を駆除するために用意されたものだったとしたら、現在、人間がうじゃうじゃ八十億人も繁栄してるのはどういうわけなんだ、っていう当然の疑問だな。その解答をする前に、この世界に残っている怪物のしるしについて説明させてもらいたい。怪物が大昔に用意されたんじゃないかって思い立った時点で、俺は、神話や古代の言い伝えにあたってみようって考えた。最初にとりかかったのが、世界一有名な牛頭の怪物、クレタ島のミノタウロス伝説だ」

モーリスがウインクすると、果樹園の背景が、石造りの壁へと切り替わった。同時に発掘されたクノッソス宮殿やアーサー・エヴァンズの写真も表示される。

ここからの説明は、永倉博士のレクチャーやその後の調査で学んだ内容だった。エヴァンズはクノッソス宮殿こそがミノタウロスの迷宮だと主張していたが、現代では否定説が多数派であること、一般的には用例が混同されている「迷宮」と「迷路」という定義には、迷宮は一本道、迷路は分岐が存在するという区別があること、クノッソス宮殿の構造は迷路には分類可能だが迷宮の定義にはあてはまらないこと、古代クレタを含め、ヨーロッパの各地で迷宮を記した「迷宮図」が受け継がれていること——

翼は羊川と顔を見合わせる。

永倉博士は翼たちに情報を与え、別働隊として利用するつもりだとうそぶいていた。

ひょっとして、モーリス・ジガーこそが、博士の本命なのだろうか。

「ミノタウロスが閉じ込められていたという迷宮が本当はどんな構造だったのか。各地に伝わっている迷宮図がそのヒントになると俺は推理した。もっと言えば、迷宮図は、伝承される間に本来の目的が忘れ去られてしまったもので、本来はミノタウロスの迷宮を示す設計図そのものだって考えたんだ。これは、自分でも無理がない説明のように感じられたけれど、別のやっかいごとも立ち上がってくる」

迷宮図やモーリスの周囲に、サイズが様々のクエスチョンマークが大量に表示される。二十秒近く、画面全体をうっとうしく動き回っていた。

「……要ります？　この演出」羊川が翼の気持ちを代弁してくれた。「うるさいだけじゃないですか」

「特殊効果のスタッフを雇っていて、契約上、使わざるを得ないのかもしれないな」清城が微笑んだ。「ほら、市政でもありがちだろう？　何かの役に立つと思って業者と契約したけれど、意外に使いどころがなかった。けれども取り決め上、何もさせないわけにもいかないから、適当な仕事でお茶を濁すとか」

「苦労してるんですかね、この人も」

同情しつつ、翼は続きを待った。クエスチョンマークがようやく消える。

「ギリシャ神話によると、ミノタウロスはミノス王が名工・ダイダロスに命じて作らせた大迷宮に閉じ込められていたという。ガキの頃、この話を聞いた俺は、とくに不思議だとは思わなかった。ところが今になって振り返ると、工事に駆り出された連中に危険手当は出たんだろうかって点の他に、引っかかることがある。迷宮は一本道なのに、ミノタウロスは何で迷うんだろうって話だ」

それは翼も抱いた疑問だった。

親近感が湧いたものの、そこからモーリスが導き出した推論は、想像力の上で翼の「ゴキブリホイホイ説」をはるかにしのぐものだった。

「まあそういう形にすることで迷宮に不思議な力が生まれて出られなくなってしまうとか、色々解釈はできる。でも、もう一つ重要な事実がある。

クレタ島で発見されたコインに記されているような迷宮のデザインは、世界各地で発見されているけれど、デザインだけなんだ。どの迷宮も、図面だけで現物は一つも見つかっていない。シャルトルだかピエトロだかの教会には、床に石ころをちりばめて作った迷宮図が現存してるって話だが、それってつまり、教会を建てるような建築技術があるのに、迷宮そのものは作ってないって話だよな。これも納得がいかない。

迷宮が伝説の通りに怪物を閉じ込めておけるものだったら、いざというときのためにそこら中に用意しておいても損はないだろうし、それなら各地で遺跡がごろごろ出てきてもおかしくはないのにさ。こいつは発想の転換が必要なんじゃないかって俺は考えたのさ。

そして、思い当たった。もしかすると、世界中で見つかっている迷宮の絵は、『こういうのを作れ』って伝えたいんじゃなく、『こういうのを作っちゃダメだ』って訴えたいんじゃないのかってね」

背景が暗闇になったかと思うと、☆マークがきらきら輝くようなエフェクトが現れ、さらにモーリスの全身が虹色に変化した。クエスチョンマーク同様、たっぷり二十秒待たされる。重要なポイントに差しかかっているらしい。

「つまり迷宮は、怪物を閉じ込めたり呼び寄せたりするためのものじゃない。怪物を生み出すための仕組みなんだ」

翼は図南星鍵の変死事件について思い出していた。自分の別荘に迷宮を造り上げた図南は、その中で謎の死を遂げた。遺体は人間の仕業とは思われないくらいの力で殴打されていたという。図南がミノタウロスに殺害されたと考えた場合、そもそも怪物をどこから調達してきたのかという疑問が出てくるが、モーリスの仮説は、一応の解答になっている。

これまで翼たちは、怪物の出現を予測・あるいはコントロールする手段を怪物ノウハウと名付け、その詳細を探ろうと模索していた。モーリスの説明が正しいのなら、ノウハウは予測ではなくコントロールで、迷宮を再現する行為がその正体という結論になる。

「牛頭は迷宮の中から出現する。なんで迷宮なのか？　そもそも牛頭が大昔の人間を駆除するために準備されたものだっていう仮説と重ね合わせると、はっきりとストーリーが見えてくる。視聴者の皆、収録時間が長くなっちまったが居眠りこくんじゃねえぞ、ここ、テストに出るからな！　そしてこの俺、モーリス・ジガーは偉人として歴史に名を残す！」

モーリスの背後に、CGで作られた天使が飛び回り、彼を称えるようにラッパを吹き鳴らす。迷宮を建造中の工事現場で、政治家たちが見守るタブレットの中から管楽器の音が響く光景は、ちょっとどころではなくシュールだった。

「人間の数を減らしたいってやつらが、ひとりでに人間を攻撃してくれるような仕組みを地球上に張り巡らせた。ただし人間を全滅させたいわけじゃなく、文明の発展が、ある段階を超えないようにするというレベルの駆除だ。つまり俺たちが、ここまで知恵を身に付けて、これからもどんどん増え栄えますよって条件を達成したとき、牛頭が現れて、人間を襲うってシステムだ。

　ではトリガーはどういったものか？　他の星のやつらが俺たちの先祖を初めて見たとき、たぶん、ご先祖は洞窟に住んでいる段階だった。この洞窟の使い方を目安にしようと異星人は考えた。最初のうち、地球人は天然の洞窟を住処（すみか）として利用しているだけだろう。そのうちに数が増えたら、最初から空いていたスペースだけじゃ足りなくなって、穴を掘り進めるようになる。スペースが増えれば、人口も増える。洞窟をどんどん掘り進める。けれども、まっすぐ洞窟を掘り進めるのが効率的なやり方だろうか？」

　いつの間にかモーリスの左手に昔のクイズ番組に出てくるような真っ白なフリップが、右手に黒いキャップのマジックインキが出現している。合間に編集を挿（はさ）んだのだろう。フリップに何か書き込んだ後、視聴者へ向けてかざした。真っ黒に塗りつぶされたフリップの中、上から下に、白い直線がぎざぎざに延びている。

「これが初期の洞窟。単純で掘りやすいだろうけれど、使える面積は少ない」

　モーリスが直線の上に×を描くと、フリップは真っ白に戻った。こんな編集をするなら、そもそも画面上に図を描いたらいいと翼はつっこみたかったけれど、なにかしらこだわりがあるのだろう。

「考えなしに掘り進めた場合、どこかで硬い岩盤にぶちあたって進めなくなるかもしれない。ある程度掘り進めた後で左右に道を増やしてもいいが、ほら穴とほら穴が交差すると、洞窟全体が崩れやすくなっちまう。すると効率的になるべく少ない面積で住処を増やすよう穴を掘り進めることができるようになった人類は、その時点で計画や計算をこなす知識を手に入れている」

　新しいフリップ二つを使って、モーリスは曲がりくねった洞窟を二種類記した。

「さらに高次の段階に至ったとき、遊び心ってやつが芽生えるようになる。実用一辺倒ではなく、住処の構造に美意識を求めるという発想が宿ったとき、洞窟の構造は、例えばこういうデザインに変貌していたのかもしれない……！」

最後にモーリスがフリップに描き出したのは、クレタ型迷宮図。

「おそらく、異星人のやつらが最初に『ある程度発展した』とジャッジしたご先祖様は、実際にこういう形の住処を作り上げていたんだろうと思う。異星人は、その洞窟をものさしにつかった。ここまで洞窟を掘り上げる連中は、生かしておくわけにはいかないっていうものさしさ」

翼の横にいた羊川が息をのんだ。動画をすでに観ているはずの清城さえ、敬意を示すようタブレットをかざしている。

「ご先祖の大部分は、ここまで完璧な渦巻きの洞窟を作る前に、さっさと外へ飛び出して、わらの家、木の家、レンガの家を組み上げていったから、怪物に脅かされるような事態にはほとんど発展しなかった。ごく少数の、構造が複雑な洞窟に暮らしていた人類だけが、怪物に襲われ、その脅威を迷宮図や壁画という形で後世に残したんだ」

「怪物を用意したやつらは、現代の俺たちより遥かに優れた科学力の持ち主だった点は疑いようもないけれど、それでも万能の天才でも神様でもなかった。こいつらは、俺たちの先祖が何万年経っても、洞窟の中に住み続けるだろうって予測したんだよ。マヌケに見えるって？　でも考えてもみろ、鳥が、木の枝に巣を作ってるだろう？　ＳＦ作家でも一般人でも構わないけれど、進化して人間みたいな文明を手に入れたこいつらを想像するとき、やっぱり木の上に住んでる姿を思い浮かべないか？　ミノタウロスの創造主たちも、似たような考え違いをしたってだけの話だよ」

天使がモーリスの背後から飛び去った。

「この考え違いのせいで、怪物を呼び出すシステムは期待されたほど発動することもなく、人類は発展を遂げた。その結果、世界各地に残る迷宮図が何を意味する形なのかという記憶も失われ

①洞窟生活を開始する人類。初期はとくに計算もなく、ただ掘り進んだだけの住居

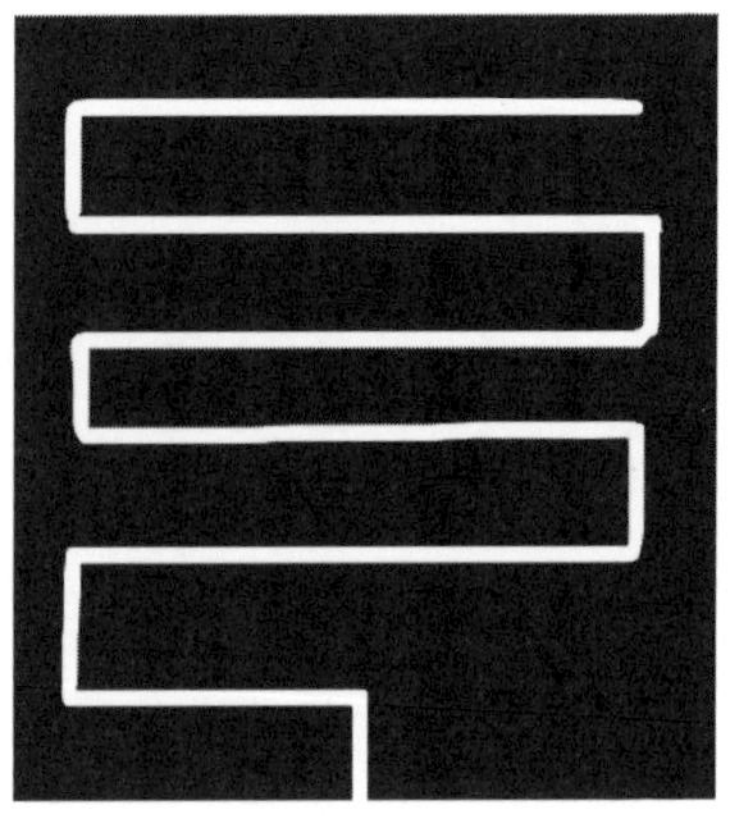

②限られた掘削可能面積を活用するため、次第に効率化を図る

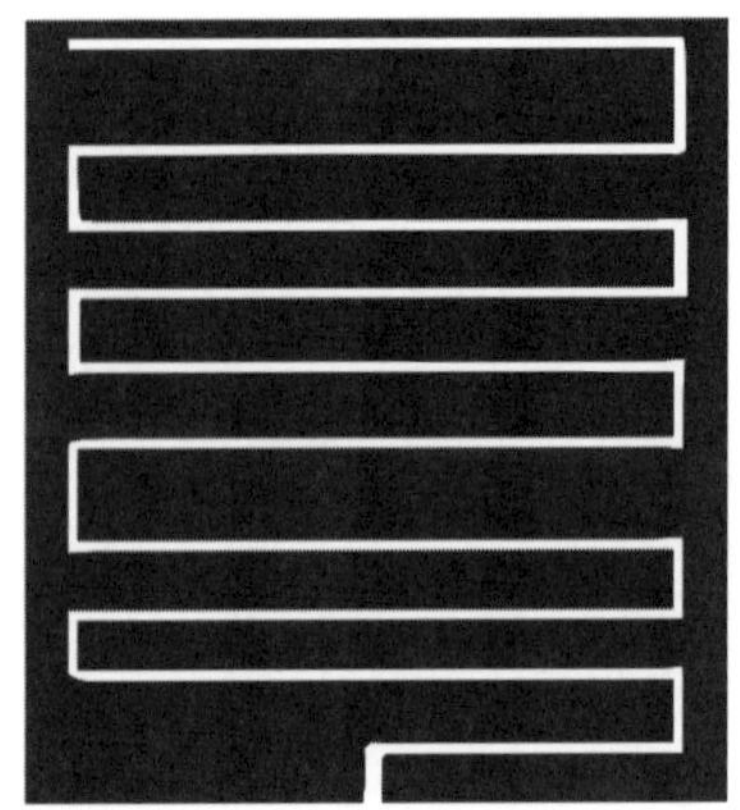

③さらに面積を活用。岩盤の強度を保つため、基本的に掘削は交差させない

④効率化に美的感覚が追加されている

イラスト：モーリス・ジガー

てしまったんだ。ただし、システムには不具合も残っていた。怪物を生み出す仕組みは本来、掘り進めた洞窟の形状に反応するはずなのに、洞窟じゃない、ゼロから組み上げた建物にも反応しちまう仕組みになっていたことが面倒ごとの原因になった。システムを作ったやつらは、洞窟そのものじゃなく、特定の形に入り組んでいる空間があれば怪物が出てくるように細工をしていたんだろうな。俺たちが洞窟に住み続けていたなら、その設定で問題なかったんだ」

ようやく虹色から解放されたモーリスは、突然、メインカメラの方向、つまり視聴者へ向けて指を差した。

「はい、そこ。またしても納得できないポイントがあるよなあ？　クエスチョン1、迷宮なんて、世界各地にアトラクションが建設されているはずなのに、そこで怪物が生まれなかったのはなぜか？　クエスチョン2、これまでたいして出てこなかった怪物が、どうして今になってすごいスピードで出現しているのか？　いちゃもんをつけたいのはこんなところだよな」

……いや、そこまで考えてなかったけど、と翼が脳内でつっこむ前に、カウボーイは答え合わせに入った。

「クエスチョン1の解答。基本的にアトラクションとして人気があるのは迷宮ではなく方向を選ぶ要素がある迷路の方。迷宮形式のレジャー施設だって探せばあるだろうが、十中八九、それらは完璧な迷宮構造じゃあない。子供の頃、迷路のアトラクションで右往左往したあげく、鼻血を出したことは？　閉園時刻までゴールにたどり着けなかった思い出はないか？　俺はある！　二つとも俺の話だ！　そういう場合、迷路のあちこちに非常用のドアが用意されていて、そこからすぐに連れ出してもらえるんだよ。安全配慮義務ってやつだな。こういう法律はほとんどの文明国で整備されているから、商業施設の場合、非常口のせいで、完全な迷宮じゃなくなっちまう。怪物が出現しなかったのはそういうわけだよ」

翼は動画から一瞬だけ視線をそらし、工事現場のフェンスを眺めた。

「クエスチョン2の答え。実はこの質問こそが、今回の本題につながっている。これまでの出現記録を見る限り、怪物の出現した地域は周辺に人気の少ない田舎だったり、工事現場だったり、戦場の廃墟だったりと、周辺の建物をいじる余地があるロケーションが多かったように思われる。つまり迷宮と怪物の関係を把握していると同時に、金銭的・人脈的に余裕がある悪党なら、密かに迷宮を建造して怪物を出現させた後、迷宮を廃棄して証拠隠滅を図ることも難しくはなかったはずだ。ようするにこの数ヶ月の怪物騒動は、偶然や奇跡じゃあなく、統一された意志があってこそ成り立つ出来事なんだ。仕組んだのはどんなやつらなのか。秘密結社？　テロリスト？　CIA？　何が目的なのか。世界滅亡？　株価操作？　国家転覆？　この点に関しては、そいつらを締め上げてみないことには何もわからない」

カウボーイは右手を右耳の横に動かして、何かを聞き取っているポーズを取った。

「おおーっと全世界八十億人のファンたちが、俺を気遣ってくれているようだ。『モーリス、こんな話を広めて大丈夫？』『モーリス、闇組織のヒットマンに狙われたりしない？』ってさ。問題ない。俺は地域の平和を守るために警官を志した正義の化身だぜ。これからは、命を賭して世界を守ってみせる！」

キャーッ、ヒューッ、という歓声と、拍手が鳴り響く。再放送の海外ドラマみたいだ。

シャワーを浴びるみたいなポーズで賞賛に身を任せていたモーリスは、突然真面目な顔に戻った。

「皆、ここまで話を聞いてどう思った？　理屈は通っていると納得はしても、でもただの仮説だろう？　ってクレームが入るのは予測している。そこでここからは、検証フェーズに入る」

ぐい、と筋肉が動く音が聞こえてきそうな力強さで、右の親指を立てた。

「ミノタウロスの迷宮が正確にどんな構造をしていたかは、世界各地に残されている迷宮図のパターンに違いがあるから、どれが正しいとも言い切れない。けれども去年の暮れに、耳寄りな情報を手に入れたんだ。七十年以上前、ある国で、ギリシャ神話マニアの大金持ちがミノタウロスの宮殿を再現した別荘を建てた。しばらく経って、その金持ちは死んだ。遺体には人間の仕業とは到底思えない力で殴られた痕跡が残っていたそうだ」

翼は再び工事現場に視線を移す。ようやくモーリスが企てていることの全貌が明らかになった。この工事現場、いや、隣の別荘跡が起点なんだ。

「この話が本当だとすればだな、死んだ金持ちは、迷宮図を研究している内に、当たりを引き当てたってことになる。その別荘とそっくり同じ構造の迷宮を再現すれば、怪物が出現するかもしれない。つまり、俺の仮説が実証されるんだよ！」

動画の背景は工事現場に戻っている。最初に英語のテロップが、続いて日本語が表示され、その場所がワシントン郊外であることがわかった。

「俺のお友達が、世界各地で何をしているかはわかってもらえたよな？　別荘の記録を元にして、数十年前に怪物が出現したかもしれない迷宮と同じものを、あちこちに建設している最中なんだ。極端な災害でも発生しない限り、全部の迷宮が、一週間後に完成を迎える。そうなるように調整している。これまで説明した俺の推測が正しかったら、それぞれの迷宮の中に怪物が出現する！　心配しないでくれ。迷宮も、実験場の壁も超頑丈に設計してあるから、怪物の力じゃ外には出てこれない。成功したら、リアルな拍手喝采を頼む！」

モーリスは両手を顔の前まで持ってきて、叩き合わせる寸前で止めた。

「とはいえ、俺の目的は褒めてもらうことだけじゃない。この動画を観ている各国の警察・関係者は、どうか真剣に成り行きを見守って欲しい。俺の推測通り怪物が出現したら、これまで怪物が出現した地点の周辺に同じ構造の迷宮が隠されている可能性が高い。迷宮は、ほぼ間違いなく破壊された後だろうが、それと睨んで調べたら、きっと何らかの手がかりや痕跡が見つかるはずだ。怪物騒動の背後で、何かを企んでいやがるやつらの尻尾がつかめるんだよ！」

　オープニングと同様に、モーリスはモデルガンを構えて撃ち出すポーズを取った。

「怪物に怯えている世界中の皆、あと一週間、一週間とちょっとだけ我慢してくれ。黒幕が明らかになったら、怪物の発生はぴたりと止まるはずだ……」

　チャンネル登録と高評価よろしく、と告げて動画は終わった。

　それから六日が経過した。怪物は世界を騒がせ続けている。

図南の別荘と隣接する迷宮建設現場の周辺には、日々大勢のマスコミがおしかけ、飽きもせずにフラッシュを浴びせている。一度、翼が様子見に訪れた際も、工事に差し障るので極端な光源は控えてください、と警備員が繰り返し注意していた。おそらく、他国の建設現場も大差ないだろう。

　翼が発表するまでもなく、モーリスの動画はマスコミに取り上げられて大反響を引き起こしていた。

　この件に関する事情全てが報じられているわけではなく、建設中の迷宮全ての原型が、図南の別荘跡であることは公表されていない。その気になれば調べてわかるはずだが、どのマスコミも沈黙を守っている。これは輪久井がマスコミに要請をかけた結果だった。本当に迷宮から怪物が生まれる仕組みになっていた場合、犯罪者やテロリストが活用できるような情報はなるべく明るみに出ない方がいいと考えているのだろう。皆に情報を伝えるって、簡単じゃないなと翼はつくづく思う。

「いよいよ明日（あした）かあ」

十八時。翼は市長室のイスにもたれかかり、呟（つぶや）いた。結局臨時の議場には市役所から五分の距離にある市民体育館を充てることになり、ここ数日、議事は大きなトラブルもなく進行している。

代表質問では清城が存在感を示していた。モーリス・ジガーの実験に以前から賛同していたことを告白した上で、計画をバックアップするかどうかを翼に問い、計画自体を援助はしないものの、周辺地域に混乱を招かないような配慮を試みるという回答を引き出している。岩緑が殺害された直後こそ大人しかった清流会党首は、密かに進めていた迷宮建造が明るみに出た時点で、ある意味開き直ったようだ。

もし清城が岩緑を意図的に射殺したのであれば、怪物発生のメカニズムを周知させることは不利に働くはず。記者や議員たちは、そういう観点から清城への疑いを薄めつつあるようだ。

翼としては、そこまで単純に信じることは難しい。最近まで、清城は迷宮建設を黙っていた。何らかの形で怪物を利用して岩緑を殺害した場合、用は済んだから情報を開示したとも解釈できるからだ。そもそも迷宮建設の旗振り役は清城ではなくモーリス・ジガーなのだから、モーリスの意向で計画が公開される前に犯行に及んだとも考えられる。

実験が注目を集めているせいで隅に追いやられがちだが、岩緑の最期についても心に引っかかっている。どうしてあんな形で死ななければならなかったのか。

モーリスは、この数ヶ月の怪物騒ぎは偶然の産物ではなく、人為的なものだと推測を立てていた。この考えに沿った場合、岩緑は怪物を繰り返し出現させることで何かを企んでいる集団の一員であったとも考えられる。

グループの意向に逆らい、怪物ノウハウを公表しようとしたため、口封じに殺害されてしまったのだろうか？

するとと岩緑や市議会の周辺に、残りのメンバーが配置されていてもおかしくはない。誰を怪しむべきだろう。翼はいくつか候補を思い浮かべる。

市議会議長の宇田。

革新党副党首の増子。

変化球で、輪久井警視長。

それとも――


部屋を出ようとすると、入れ違いに羊川が入ってきた。

「どちらへ」

「ちょっとサボりに」

「後にしてください」

とがめるでもなく私設秘書はドアを見た。

「清城議員が、五分後にこちらへいらっしゃいます。岩緑議員のスキャンダルについて説明いただけるそうです」

あったなあ、そんな話……

忘れていたわけじゃない。ただ、迷宮やモーリス・ジガーのインパクトが強すぎて、隅っこに追いやっていただけだ。

十八時五分に市長室を訪れた清城は、輪久井警視長を同行させていた。

部屋の中は翼と羊川を含めて四名。清城は秘書を連れておらず、手にクリップ留めしたA４用紙を抱えていた。応接机に、向かい合って腰掛ける。

「輪久井警視長には、無理を言って同席をお願いしました」

傍らの警察官に向けて、清城は黙礼で敬意を示した。

「どういう心境の変化ですか」翼は不可解だった。数日前は口外するつもりはないと言い張っていたのに、百八十度の転換はどうしてだろう。

「今、バラしてしまうのがベストと考えたからです」清流会党首の耳の上から頬にかけて一筋汗が流れた。「迷宮再現プロジェクトのおかげで、眉原にも、この私にも注目が集まっている。仮に口封じや報復がやってくるにしても、今が一番狙いにくいと覚悟を決めました」

清城はハンカチで汗を拭う。このベテラン政治家が冷や汗をかく姿を目にするのはこれが初めてだった。

「発端は一ヶ月前、私の事務所に届いたB４サイズの封筒でした。中身はノートパソコンと匿名の手紙で、手紙には、自分がかつて岩緑君の事務所スタッフだったこと、人間関係に嫌気が差して職を辞したこと、その際、はらいせに倉庫に保管されていたパソコンを盗み出してきたことが記されていました。岩緑党首の私物と思われるから、せいぜい活用してくれ、とも」

輪久井の反応を気にする様子で、清城は続ける。「直ちに岩緑君と連絡を取り、パソコンを返却する手もありましたが、手の込んだ悪戯（いたずら）の可能性もあるため、あちらを巻き込むのは申し訳ないようにも思われました。パソコンは、パスワードでプロテクトされていましたから、懇意にしている業者に頼んで、時間をかけて中身を吸い出してもらったんです。決して岩緑君の弱みをつかんでやろうという動機ではなく、持ち主を特定するための対応でした。きっと、間違いなく」

「色々つっこみどころのある話ですが、今は聞き流しておきましょう」輪久井の眉が、複雑な形に波を打った。「教えていただけるのは、その際手に入れた情報ということでよろしいですかな」

「中身は、岩緑君が使用していたことの証明になる以外、意味はなさそうな会計関連のファイルやタイムスケジュールばかりでしたが、一点だけ、気になるファイルが入っていたのです。それはＰＤＦ形式の、文責に岩緑君の名が記されている論文でした。確認済みですが、一般に公開されているレポートではありません」

こちらがプリントです、と清城はクリップを外し、Ａ４用紙を机に並べた。

タイトルは、「日本国内における公共機能の民営化とそのブレイクスルーについて」。

思想的には総合民営化主義に区分される眉原革新党党首の文章として、とくに不自然なタイトルではない。

「論文自体、五千文字に満たないシンプルなものですが、端から端まで読んでいただく必要はありません。前半は、諸外国と比べて日本の公共分野の民営化が進んでいないことに対する分析が並んでいます。なかなかわかりやすく、鋭い解析ですが、そこは問題じゃない。剣呑(けんのん)なのは、中盤から後半にかけての論調です。赤線を引いておきましたので」

清城がゆっくりページをめくり、翼たちは予め(あらかじ)マーカーが引かれた文章を眺めていった。

各種公共システムの民営化について、本邦の政府や国民は乗り気ではないばかりか、拒絶反応さえ示しがちである。近年、聖域の一つとされていた水道事業にメスが入ったが、反対運動も根強い。

とくにおかしい内容でもないんじゃ、と読み進めていた翼だったが、だんだん風向きが怪しくなってきた。

他国に比べても民営化が困難と思われるのが刑務所・拘置所の管理である。これらは犯罪者とはいえ国民に対する広義の権利剝奪を伴う業務であるため、民営化には慎重な意見も多い。しかしこの分野を手中に収めてこそ、自由化の拡大に弾みがつくだろう。

わが国において民営化最大の砦と思われるのが、軍事分野である。周辺分野はひとまず置くとして、民間企業が軍隊に分類されるような集団を保有する行為は憲法で禁止されている。

そのためアメリカがイラク侵攻で活用したＰＭＣや、ロシアの悪名高いワグネルのような私兵ビジネスは、これまで日本においては成立する余地がないと考えられてきた。だが前代未聞かつ未曾有の脅威が発生した場合、国民は軍事・警察力の強化を希求するようになり、憲法改正も現実的な視野に入ってくるだろう。

幸いにして、この脅威にはコントロール方法が存在する。必要に応じて脅威を誘導、修正することで、一層の改革推進をはかっていくべきだろう。


「清城さん」輪久井が硬い声を出した。「この論文、届いたのは一ヶ月前だと確かに仰いましたね」

「間違いありません」

「確認していいですか」翼も手を挙げる。「この論文みたいなやつ、日本にも民間軍事企業を導入して、一儲けしたいって提案してるわけですよね」

「まとめると、そういう論調になりますな」

「この最後の文章」翼はマーカーを指で追った。「『脅威』が怪物なら、怪物の出現をコントロールすることで、軍事的なニーズを増やしたいって意味合いになってしまいます」

「その解釈で正しいでしょうね」

ここまでとは、と羊川が軽蔑するように息を吐いた。

「実際、怪物に対抗するため、ライフル銃を持った自警団を結成しようという計画は、眉原でも他の自治体でも動き始めています。自警団レベルではさばききれない状況に陥った場合、機動隊や自衛隊に任せるのではなく、新たな対・怪物組織を設立するべきという論調も盛り上がりつつあるようです。その意味では、怪物に対応するための民間軍事組織を立ち上げようという発想自体は的外れなものでもありませんが」

吐き捨てるように羊川は言う。

「しかしこの論文は、対応するだけに止まらず、怪物でニーズを作り出そうとしている。ようするに怪物を自在に操って、事業拡大を企んでいる」

「私が公表をためらっていた理由をわかっていただけたら幸いです」清城が額に手を当てた。まだ冷や汗が垂れている。「こんなアイデアをしたためておく連中を敵に回したら、何をされるかわかったものではない」

「これまでに発覚した事実と推論をまとめてみましょうか」輪久井が指折り数える。「岩緑党首は、以前から民間軍事団体を設立して巨万の富を得ることを計画していた。時期は定かではありませんが、迷宮を建設することで怪物を発生させるノウハウを手に入れ、軍事企業設立に弾みを付けようとしていた。考えたくはない話ですが……岩緑議員こそが全ての発端なのでは？」

「ものすごく壮大な陰謀じゃないですか」

翼はハリウッド映画の登場人物に引き込まれたような気分だった。

①岩緑議員は、迷宮を建設することで怪物が発生すると知っていた

②世界中で怪物が発生している

①と②に関わりがないと考えるより、連続していると考える方が、確かに筋も通る。

「この数ヶ月の怪物騒動は、全部岩緑さんの仕業だった？　それならどうして殺されちゃったん

だろう」

「計画を推し進めているのが岩緑さん一人だったとは限りません」

羊川が可能性を付け加えた。

「その証拠に、あれ以降も世界各地で怪物は出現しています。岩緑さんはメンバーの一人にすぎず、離反を試みたか、議会で事実を公表しようとして殺害されたとも考えられますよね」

「岩緑君がたった一人で計画を進めていたと仮定するより、その方が現実的だな」

清城が流れに乗った。

「かつて、総合民営化主義の始祖であるマートン・ワイズマンのお膝元、シカゴ大学で経済学を学んだ世界各国の留学生たちは、自国へ舞い戻り、高官として出世した後に過度な民営化を推し進めて巨万の富を得た。『星条旗の錬金術師』と呼ばれた連中です。民間軍事企業を成長させる余地のある国家は、本邦日本だけではないでしょう。現代にも、星条旗の錬金術師のような連帯が存在するのかもしれませんな」

「つまりその人たちがモーリス・ジガーの言ってた『黒幕』ですか」

ようやく背景がわかった、と翼が納得していると、輪久井が慌てた様子で口を挟んだ。

「決めつけるのは早計かと。私も大学で経済学を学んだ身ですが、総合民営化主義と言っても、決して一枚岩というわけではありません。ネットでは、世界中の総合民営化主義信奉者が悪の組織みたいに連絡を取り合い、あらゆる国家を支配しようとしているような批判も見受けられますが、さすがにそれは見当違いですよ。基本的に総合民営化主義とは、支配より利益を重んじる思想なのですからね」

「やんわりしたつながりって感じですか」

翼は脳内のイメージを修正した。

強力な悪の組織が支配しているという絵面ではなく、様々な国家のお金大好きグループのごく一部が、怪物を利用して危機をあおり立て、もっと儲かる状況になってくれたらいいなと期待している……その末端に岩緑党首もいた、という絵図だろうか。

想像に想像を重ねている。ふいに、差し迫っている状況を思い出した。

「明日の実験、危ないですかね？　妨害とか入ったりしませんか」

問いかけられた輪久井は、

「ジガー氏は迷宮の強度に問題はないと保証されていましたが、万が一ということもあるので、機動隊の配備を予定しています。何割かを、外部からの襲撃用に切り替えることで対応しましょう」

「私も猟友会の連中に声をかけておきます」清城はポケットからサングラスを取り出した。「私自身も参加させてもらいますよ」

この人、人間を射殺しちゃったことにもう折り合いをつけたんだろうか？　翼は人間の複雑さを学んだ気がした。

今度は怪物の方を撃てたらいいですね、と言いかけてやめた。

ショッピングモールの三階、上りと下りのエスカレーターが交差する吹き抜けの周囲に、ソファーを並べた休憩スペースが設けられている。その一角の壁面だけ、周囲より少しだけ豪華な模造大理石で覆われていて、等間隔に額縁が並んでいる。

翼の肝いりで整備された、「眉原ギャラリー」だ。一年前、眉原出身の画家が日展で入選を果たした際、市内に展示可能な施設が見当たらないという不満が上がったため、翼がモールの出資企業と折衝して用意してもらった。差し迫った用事を抱えた人々が訪れる市役所より、ショッピングモール内の方が、余裕を持って絵画を鑑賞してもらえるだろうと考えたからだった。

首長のイスに座ってから二年経つ翼だが、認証印を押した事業の大半は完成に数年を要するものであるため、まだまだ仕上がりには至っていない。

眉原ギャラリーは、結果を目の当たりにできた数少ない事例だった。

「相変わらずおいしいわ、ここのお茶」

二十時。近くのカフェで購入したほうじ茶で喉を潤しながら、翼は壁を見た。現在展示されているのは眉原小学校の子供たちが描いたひまわりの絵だ。隣のソファーでは羊川が抹茶アイスを口にしている。休憩を取りたいときは人混みをさけることも多い翼だが、この時間帯は閑散としているので利用しやすい。羊川はアイスを口に当てたまま沈黙している。あ、ヤスデ、と翼が足元を指さすと、跳ね上がるように動いた。

「さすがにいないよ。モールの中にはさ」

「……ぼうっとして申し訳ありません」

アイスがついた唇をティッシュで拭った。

「考えてたのは岩緑さんのこと？」

わかりますか、と苦笑して私設秘書は俯（うつむ）いた。

「正直なところ、ショックを受けています。袂（たもと）を分かったとは言え、あんな計画をよしとする人だったなんて」

岩緑が本邦で軍事サービスの設立を目論（もくろ）んでおり、そのために怪物ノウハウを利用して世界各地で怪物を出現させていたという疑惑は、現時点では推論の域を出るものではなく、明日の実験結果を待って判断を下すべき事柄だ。そうした曖昧さは承知の上で、かつてのボスを評価しているのだろう。

「どうして、イレギュラーに走っちゃうんだろうね」
溶け始めた抹茶アイスを舌に載せた羊川に、翼は訊いた。

「政治家って、ちゃんとした手続きでなるものでしょう？　供託金を貯めて、支持者を集めて、票を集めて当選する。まっとうな流れの中で社会に参加している人たちだよ。そんな風にちゃんとしてきた人たちが、法律をすっとばして物事を変えようと動いてしまう。汚職も口利きも、今の政治家は自分のためにするっていうより、目標へ近づくために手を染めているんだと思う。岩緑さんもそうなってしまった」

「斬新な見解ですね。汚職も、世界中に怪物を出現させる所業も、違いはありませんか」

「ジャンルは同じでしょう。自分にできることを、できるだけ頑張るだけじゃ我慢できなくて、壁を越えちゃった。どうしてそうなるんだろうね」

「疲れたからかもしれませんね」

コーンを齧り終えた羊川は、無人のエスカレーターを眺めていた。からからと部品の摩擦音が響いている。人出が多い時間には聞こえない寂しさだ。

「政治家を志す方々は、大なり小なり、世の中を善い方向に変えたいと願っています。散々な言われようだった総合民営化主義の信奉者たちも、ただお金儲けに邁進するばかりではなく、彼らにとって理想的な社会構造を造り上げたいという思いは抱いているはずです。けれども変革や改革って、一歩一歩こなしていくしかないものなんですよ。反対派を論破して、会派を結集して討議して、ようやく一つの懸案を解消したら、また別の壁がたちはだかっている。そういう繰り返しに、疲れてしまうんじゃないでしょうか。ハードルを飛び越えるのが面倒になって、蹴り飛ばしたり、迂回したりとイレギュラーを思いつくんですよ」

「羊川さんも、疲れてる？」

放り投げた問いに、一瞬、虚を衝かれたように目を瞬いたが、すぐに笑った。

「本当に疲れきった人は、夜の八時にアイスなんか食べません」

「そうかなあ」

「そもそも私は議員でも市長でもない、一介の秘書ですから」

秘書に政治を憂える資格がないなんて誰が決めたのだろう。

「疲れているというより、がっかりしてるんじゃないの。私が、期待外れだったから」

私設秘書はすぐに返事せず、しばらく唇を結んだままだった。

「……一度終わった話を蒸し返すなんて珍しいですね」

「羊川さんは、利根川翼という候補者に、破壊する役目を期待していた。それなのに私は、ささやかな展示スペースを作って喜んでる。失望したんじゃない？」

この眉原ギャラリーが不要な試みだったとは絶対に思わない。ただ、羊川にとって物足りない仕事なのは間違いないだろう。

「私があなたに対して、もっと乱暴な要素を求めていたのは確かです」

自分を蔑んでいるのか、羊川は目を逸らした。

「全く政治経験のない芸能人や地元の名物社長が権力の座に就いた場合、大抵、ろくな結果になりません。的外れな正義感とめちゃくちゃな判断基準で問題提起を行い、事業の統廃合を繰り返し、最初の任期も全うできずに罵声を浴びて退場する。地元民にとってはたまったものではありませんが、ああいうキワモノにも役割はあるんです。それまで政治に関心を持たなかった有権者たちに、自分たちの無関心があんなのを当選させてしまった、と反省させる役割です。政治を動かすためには、投票率の上昇こそが最良の処方箋。私は、あなたが好き放題に振る舞ってくれることを期待していたんですよ」

「あー、それは正反対だね。自分で言うのもなんだけど、私、結構まじめにやっちゃったから」

「前歴からは想像もできなかったくらい、あなたは謹聴できる人でした。わからないことがあったらまず確認する。プライドを固持するために知ったかぶりはしない。その都度、様々な部署に絡みついている面倒ごとの仕組みを知る結果になっても、腐りもしなかった。それは立派です。立派ですけれど、ケンカをするタイプの、物事を刷新するタイプの資質ではなかった」

「そんなに大人しかったかな？」過大評価だと思う。「自分の判断で先走りまくりじゃなかった？」

「独断専行しても、いつも、後で説明してくれるでしょう？　丁寧に、辛抱強く」羊川は視線を動かし、申し訳なさそうに合わせてきた。「そういう政治家には怖さがない。市役所でも議会でも、あなたは舐められてこそいませんけれど、恐れられてもいない」

「言ってくれたらよかったのに。危ない感じが、お好みだったらさ」

「党派や主義主張はシフトできても、姿勢は変わりませんよ」

そういうものだろうか。

「利根川さん、無料塾という施設をご存じですか」

突然、話題が変わった。

「経済的に厳しくて既存の塾が利用できない子供のために、ボランティアで勉強を教える場所でしょう」戸惑いながらも翼は回答する。「眉原にも一校あったよね。行政はあんまり関わってないみたいだけど」

「大学生の頃、私は無料塾のスタッフだったんです。あるとき、モールの空き店舗を無料塾のために開放してもらえないかと思い付き、議会に陳情書を提出しました。小学校低学年の段階で勉強についていけなくなってしまった児童をフォローする場合、保護者が買い物に訪れる施設に塾があったら助かるだろうと考えたからです。賃料はゼロにしても、その分、人は集まるのだから、経済的にも無駄にならない。このアイデアは受け入れてもらえるだろうと自信もあった」

言葉を切る。今のショッピングモールに、無料塾なんて存在しない。

「最初は市役所も乗り気だったのに、途中で横やりが入ったんです。顧客を奪われるのではないかと危惧を覚えた大手学習塾が、保守・改革派を問わず市議会議員に働きかけた結果、行政が民間を圧迫するのは好ましくないという理屈で取りやめになってしまいました」

塾に通えない子供たちに提供するための無料塾なんですけどね、と羊川は呟いた後で、

「利根川さん、公園の整備事業に反対した経験は？」

「ないよ」

また別の話だろうか。

「市内の公園を改修する際、警備員を常駐させて、そこで寝泊まりしていた路上生活者を締め出してしまおうという計画が立ち上がっていたのです。私は反対運動に参加して、署名を集め、結果、ホームレスの人たちは引き続き公園にいても構わないことになりました。けれども、整備が終わってみると、彼らは半数以下に減っていた。『排除アート』を知っていますか？　主に公共施設の設備や備品を、奇抜で使いづらい形態にすることで、長期間の利用を困難にするという発想です。その公園にも微妙な形状のベンチや休憩スペースが導入されたせいで、居続けることが厳しくなってしまった……署名に応じる素振りを見せながら、実のところ、行政は目的を達成していた」

何の話をしているのか、さすがにわかってきた。

「結局、私には力が足りなかったんですよ。ある決定を食い止めたり、判断を請うために人を集めたりすることくらいは可能でも、人々の関心や動員力を維持し続けることはとても難しい。反面、権力者と呼ばれる人たちは、常に人を動かし、お金を集め、狡猾（こうかつ）なやり方で要求を通す術を

身に付けている……そのことを理解したとき、私はもう、自分のリーダーシップで世の中を変えてやろうという気力を失っていました。秘書というポジションを選んだのは、他の方たちのように先生を支えたいなんて高邁（こうまい）な発想じゃないんです。ただ、失敗するたびに自分の価値が否定されるような心地になるのが嫌になっただけ」

地道な取り組みでは何も変えられないと考えを改めた羊川が、しがらみを一掃するために用意したのが翼だったとしたら、がっかりするのも無理はない。

「辞めてもいいよ」

翼は迷わず口にした。

「私が期待外れだったなら、秘書、辞めるのは羊川さんの自由だよ」

「軽はずみなことを仰らないでください」本気で怒りかけている声だった。

「私がいなくなったら、それなりに大変でしょう？」

「そういう無謀さを欲しがってたって話じゃなかった？」

私設秘書は軽く噴き出した。

「翼さん、あなたの地道さを、心地よく感じたのも本当なんですよ。一歩ずつ学んで、ひとかけらずつ変えていこうとする姿勢は間違ったものではありません。ある意味、素朴で信頼に値する政治家に育ちつつあるあなたを、普通に支えてもいいかと思い始めているんです」

「どこ行っちゃったの？　私が権力者として頼りないって話は。こつこつ積み重ねるだけじゃ、立ち行かなくなるんでしょう？」

「それは、私がなんとかします」

なんとかって、なんだよ。

重ねて追及してもよかったけれど、翼も疲れていた。羊川が語るような高邁な話ではなく、ただの仕事疲れだ。だから適当な言葉でお茶をにごした。

「政治も怪物問題も、色々なことがこれ以上、悪化しなければ嬉しいねえ」


悪化した。

しかも、坂道を転がるように。

翼たちにとって最大の誤算は、モーリス・ジガーの人間性を読み違えたことだった。

岩緑の論文に記されていた総合民営化主義と怪物の関係を示唆する情報について、清城は、あらましをモーリスにも伝えるつもりだと言った。怪物を利用して軍事企業の設立・業績拡大を目指す動きが世界的なものか、岩緑の脳内にだけ存在するものかは判断が難しい。勢力を最大限に見積もった場合、怪物ノウハウを検証しようとするモーリスの試みに妨害をかけてくるとも思われるからだ。そもそもモーリスの実験は清城が図南星鍵の逸話を伝えたことがきっかけらしいので、清城としては義理を通しておきたいという気持ちもあったのだろう。

清城が決心した以上、翼たちも輪久井も反対しなかった。

大金を稼ぐ動画投稿者であり、元・警官としてそれなりの分別を身に付けている人物だから、特定の経済思想を信じる人々が怪しいと教えたところで、彼らを攻撃するような不用意な暴露や扇動には走らないだろうと当然のように考えていたからだ。


二月十三日、午前八時。

実験予定日の朝、なにか新しい動画は投稿されているかなとスマホでチェックをかけた翼は、飛び込んできた字幕を観た瞬間、動画の中でふんぞり返っているカウボーイを殴りたくなった。

「皆聞いてくれ。怪物たちを裏で操っている悪党の正体がわかったぞ！　総合民営化主義の信者物の背中に隠れて一儲けを企んでる守銭奴共を許すな。ふんじばって吊し上げろ！」
化主義者ってのはああいう手合いのことだよ。やつら、新手の台風を手に入れたってわけだ。怪
吊り上げ、荒れ地を買い上げてリゾートを作ろうとしていたクズどもがいただろう？　総合民営
「ハリケーンでたくさんの家がぐちゃぐちゃになったとき、どさくさに紛れてモーテルの料金を
たちだ！」

「……お前ふざけんなよ」
市長室の中で、声に殺意を混ぜてしまった。幸い、隣接する部屋に出勤者はいない。五分が経
過したとき、輪久井・清城・羊川がぞろぞろと入室してきた。
「申し訳ない」
清城が硬い声を出す。こめかみの青筋を制御できていない様子だ。
「いえ、私たちも賛成しましたから」輪久井も苦々しげにスマホを眺めている。「見込み違いで
した。こんなにたちの悪いアジテーターだったとは」
「最初はそうじゃなかったのかもしれません」羊川が見解を示した。「自分をすごい人間だと思
わせる簡単な方法は、わかりやすい敵を作り出して、対抗させる立場に自分を置くことです。私
たちが提供してしまったんですよ。彼にとって、便利な悪者を」
「革新党の増子君が、九時から会見を開くそうです」
メールを確認していたらしい清城が新情報を教えてくれた。
「矛先が自分たちに向けられるかもと予想して、怪物には無関係だと先手を打つつもりでしょう
な」
翼が把握している限り、日本国内で、「私たちは総合民営化主義の信奉者です」と声高に叫ん

でいるような政党は見当たらない。それでも、この経済思想について本を読むかウィキペディアで調べたら、眉原市政の中でどの政党が該当するかくらいは理解できる。

「過剰反応じゃないですか？　革新党の人たちにとっては、海外のよくわからないおじさんがいちゃもんをつけているだけじゃないですか」

　この段階でまだ翼は楽観的だったが、警察高官の表情は深刻だった。

　つい先程の写真です、と輪久井はスマホを翼に渡した。表示されている画像は、正面から写した眉原革新党の党本部だ。おそらく朝方撮影したのか、シャッターが閉まったままの建物の前に、カウボーイルックの男女十数名が集まっている。

「モーリスナイツと呼ばれているそうです」

　輪久井はつまらなそうに言う。

「主に動画をきっかけにして、モーリス・ジガーに憧れるようになった連中です。リーダーと同じ恰好(かっこう)をすることがステータスだとか」

　そんなに影響力がある人だったとは。ここにきて、翼も事態の深刻さを理解した。ようするに、不安なんだ。出現当初ほどの驚きはないにせよ、世界中、どこにいてもいつ怪物が現れるかわからないというプレッシャーは、じわじわと人々の神経を蝕(むしば)み続け、暴発に近づいているのだろう。そんなとき、こうすれば怪物には襲われないよ、怪物を操っている悪いやつらがいるよ、とわかりやすい解決策を提示された場合、飛びついてしまうのも無理はない。踊らされてしまうのも責められない。

　いわゆる怪物系ユーチューバーの中には、怪物対策という触れ込みで、フォロワーに怪しいお札や商材を売りつける詐欺師もまざっていると聞いている。基本的に保守的な清城が協力関係を築いているのだから、モーリスは、どちらかといえばうさんくさくない部類に入っていたのだろう。

そのモーリスが、壊れた。扇動する快感に溺れてしまったのだろうか。信者を増やしまくり、大統領のイスでも狙っているのだろうか。

「前言撤回。革新党の人たちに警備つけなくて大丈夫ですか」

翼は輪久井に判断を仰ぐ。

画像の人数だけでも、その気になったらシャッターを破って本部に突入するくらいはできてしまいそうだ。

「この写真を撮った時点で警官を配備しています。モーリスナイツが二倍、三倍と増えていくようであれば、機動隊の出動も視野に入れてはおりますが」

ふいに輪久井のスマホが振動した。失礼、と翼から取り上げ、部屋の外へ出た輪久井は、三十秒後に戻ってきた。

「状況が、歓迎したくない方向に傾きつつあるようです」

聞きたくないけど聞くしかない。

「眉原革新党の支持者数十名が、迷宮の建設現場へ向かっているそうです」

革新党のコア層も、翼たちが予想した以上に強硬だった。党本部がうさんくさいカウボーイに包囲されて迷惑を被っている。モーリスナイツとやらは海外が発祥で、取りまとめている支部の類が、近隣にあるかどうかもわからない。だったら、動画で所在が公開されている迷宮の建設現場とやらに押しかけてやれ。そこなら、モーリス・ジガーの身内に近いやつらが集まっているかもしれない――

たぶん、そんな感じに判断したのだろう。

八時半、翼が迷宮建設現場を訪れた際、フェンス付近は百人以上でごった返していた。入口の前で隊列を組んでいるモーリスナイツと、「濡れぎぬを着せるな！」のプラカードを持った革新党党員たちの人数は、ざっと見る限り、ほぼ同数だった。均衡していることが幸いしたのか、敵意混じりの言葉を交わしているだけで暴力行為には発展していない様子だ。

来てよかった、と翼は胸を撫で下ろす。消極的ながらも実験に賛同を示している立場としては、問題が発生したときに蚊帳の外になっている状態はまずい。最悪、この場で衝突や暴動が起こっても、「懸命に止めようとしたが無理だった」と言い訳できるからだ。

この場にはさっきまで市長室にいた三名も同行している。正確には、輪久井が手配してくれた二台のパトカーに便乗させてもらった形だった。到着するなり、輪久井は周辺で目を光らせていた警官と情報交換に向かい、清城はカウボーイルックの群れをくぐり抜けてフェンスの中へ消えた。モーリスに親しい人物が到着しているので、打ち合わせをしたいのだという。

車の中で手持ち無沙汰になった翼は、ぼんやりと人波を眺めていた。よく見ると、カウボーイルックは統一されたデザインではなく、帽子のサイズもまちまちだ。

「百円ショップかなんかで調達したのかな」

ユニフォームを揃える暇もないくらい急速に勢力を拡大しているわけだ。翼の中で、モーリス・ジガーに対する警戒心が膨れ上がった。

ダッシュボードに立てかけたスマホのディスプレイには、複数の生配信動画が表示されている。それぞれ、各地の実験場を映した映像だ。国や地域によって事情が異なるようで、こちらと同じようにモーリスナイツと何らかの集団が睨み合っている場所もあれば、ナイツが集まっているだけで平和なポイントもあるようだ。

「全世界の五十六カ所に同じような実験場。それぞれに同じくらいモーリスナイツが集まっているとしたら、三千人近い人数になる。あんな恥ずかしいカウボーイルックを着込んで平気な人たちは、よっぽど熱心なメンバーだろうから、緩いファンなら、実数はもっと多そう」

「数千から万単位の暴徒に変わる可能性も否定できませんね」腕時計を睨みながら羊川が言った。「時差がうらめしい。衝突が起こらないうちに、実験を終えてもらいたいものです」

テキサスをホームグラウンドにしているモーリスは、同地の二月十三日午前〇時に世界中の迷宮を完成させると予告している。テキサスと眉原の時差は、こちらが十四時間進んでいるため、あと五時間の辛抱だ。

「成功したらしたで、危ない成り行きじゃない?」

翼はこの場所に集まっているモーリスナイツの多くが、優越感に浸るような得意げな表情をしている点が気掛かりだった。モーリスの想像した通りに物事が進行した場合、信奉者たちの興奮は、最高潮に達するだろう。今度こそ、革新党への襲撃を実行するかもしれない。

「では、失敗を祈りましょうか」

「そっちも手放しでは喜べないっていうか……モーリス・ジガーはどうでもいいけど、清城さんの立場がますます悪くなって、辞任に追い込まれてしまったら嬉しくない」

清城を失った清流会の勢いが弱まった場合、眉原市議会で革新党がイニシアチブを取る結果になりそうだからだ。党首の岩緑が、怪物に乗じて軍隊の民営化を推し進めるべきだと語っているような政党が力をつけるのは、どう考えても望ましくなかった。

八方塞がりだな、と翼が暗澹たる気分でいると、清城がドアの近くまでやってきた。傍らにモーリスナイツの一人を従えている。ドレッドヘアがカウボーイハットに全然似合っていない、身長百九十センチ以上ある女性だった。横幅も広いが、肥満体ではなく、服の上からさえ、筋肉で引き締まっていると見て取れる。重要人物を連れてきたらしい。翼と羊川は、車外で挨拶することにした。

「モーリス氏の補佐を務めておられる、マーガレット・アンバーさんです」

清城の紹介を受けて、握手を交わす。ナイストゥミーチュー、と定型文を組み立てていると、日本語そこそこ大丈夫です、と返ってきた。

「デーブ・スペクターの八十パーセントくらい話せます」

にこりともせずに言う。

それはネイティブ同然では……

「マーガレットさんは海兵隊員として、日本で八年間も勤務されていたんですよ」

清城が補足してくれる。

「退役した後、故郷のテキサス州ウィルバレーで今の旦那さんと知り合って、現在は、その縁でモーリスのアシスタントをされているとか」

旦那さんの縁？　飲み込めないでいると、清城が耳打ちしてきた。

「最初にお見せした動画で、モーリスが話の種にしていた同僚ですよ。アイリッシュパブの新人ウェイトレスに入れ込んだジミーさん」

翼の中で、顔も知らないジミーという警官の印象が変化した。この奥さんがいて、浮気……無謀すぎる。

「迷宮は九十九パーセント完成しています。見てください」マーガレットは翼たちをフェンスの方へ誘（いざな）った。カウボーイの人混みを抜けて、先日訪れたときと同じルートで内部を進む。前回引き返した地点を過ぎ、二重になっているフェンスの二つ目をくぐると、コンクリートの立方体が見えた。上部にクレーンのショベル部分が載っかったままで、くさびのような大型器具で天井に固定されている。

先日、隣の敷地を歩き回った経験に照らし合わせると、このコンクリート部分が迷宮本体にあたるらしい。つまり迷宮は、それ自体の外壁に加えて、二重のフェンスに遮られている。

「こちらの迷宮はコンクリートをメインにしています。本当は、土をたくさん重ねて、山を作ってそこを掘る形で迷宮を作りたいです。けれども費用がとてもとても高くなります。モーリス、ダキョウをしました。トナミセイケンの迷宮も、シックイだったのに怪物が生まれたらしいので、大丈夫だと思います」

若干、単語の組み立てに違和感があるものの、マーガレットの説明は筋道が通っていてわかりやすかった。迷宮とは本来、複雑な構造の洞窟だったという推論に従う場合、いちいち掘削可能な土地を探す必要があるわけだが、モーリスも、実際に怪物を呼び出したとされる図南星鍵も、そこまで本格的な再現には至らなかったわけだ。板や鋼材を貼り合わせるのではなく、大半をコンクリートで構成しているのは、土や漆喰のニュアンスを持たせるためだという。

「フェンスが二重になっていますけど、どうしてここまで厳重にされているんですか」

羊川の質問にもマーガレットはすらすらと答えてくれた。

「怪物が、迷宮のどこから出てくるかわからないからです。迷宮の中なら、出てくるまでに時間がかかります。外なら、突然私たちに襲いかかってくる、あり得ます」

それは盲点だった。フェンスを何重にしたところで、その外に出現する可能性も考えられはするけれど、仮定の問題へ真剣に取り組んでいることに翼は感心させられた。

「あそこが入口です」マーガレットの指さした先に、長方形の穴が開いていた。高さは三メートル半くらい、横幅は人間二人がぎりぎり収まるサイズで、内部は入口より一回り程余裕を持たせてあるようだ。怪物が迷宮の内側に出現する可能性を考慮した設計なのだろう。

「もう一カ所、奥の方に残している壁を埋めたら完成です。その前に、一度、迷宮の屋根を外します。クレーンを動かすと屋根が上がります。それから壁を埋めて、作業をする人たちがフェンスの外へ出てから、屋根を戻します。クレーンなので、壁を最後に埋めるより、屋根をはめる方がやりやすいです。屋根ははめ込み式なので、ボンドも釘もノー必要です」

　これも、実際に迷宮を作る立場にならなかったら、思い至らない発想だ。迷宮が洞窟を想定したものだと考える以上、天井も塞がっていなければ完成とは言えない。そして完成した瞬間、怪物が発生する危険を考慮すると、天井は最後に、ある程度離れた位置から下ろす方が安全だ。

「私のアイデアだよ。丁寧にやりすぎて困ることなんかないからね」

　迷宮の入口から声が聞こえる。現れたのは永倉博士だった。

「市長さん、私のヒントは優しすぎたかな？　あの日の内にここへたどり着いたと聞いているよ」

「やっぱり、あなたも一枚嚙んでおられたんですね」

　とくに驚きはない。やはり翼たちにヒントを与えることを「別働隊」と語っていた博士の、「本体」にあたるのがモーリス・ジガーであり清城議員だったわけだ。

「私としては、もうちょっと右往左往して欲しかったんだがな」

　永倉は唇を尖らせる。翼たちが見当違いの推論や仮説を重ねたあげく、大失敗に終わるような流れを検証したかったのだろうけれど、文句を言われても困る話だ。

「まあいいさ。今日は実験に集中したいからね。手間ひまをかけて用意してもらった迷宮の晴れの日でもある」

　博士はコンクリートの入口を愛おしそうに撫でた。

「私の建築学は、異様な情念や状況が、建築に影響を与え、そこを訪れる人々や環境を変化させるサイクルを研究するものだ。存在自体が怪物を生み出すというこの迷宮は、極端な事例だが、だからこそ行く末を見守りたいとも願っている」

永倉は入口の奥、かすかな光が漏れている空間を指し示した。

「市長さんたちも入ってみるかい。記念写真でも撮る？」


十三時五十分。

翼たちは実験場の正面に戻り、パトカーの中で成り行きを見守っている。

実験場周辺には報道関係者と野次馬が集まり、交通整理も始まった。全体的に人口密度は高まっているものの、押しかけていた眉原革新党の支持者たちは大半が立ち去っており、プラカードも見当たらない。

実験の結果がどうなるにせよ、モーリスが何を語るにしても、革新党の政党本部や支持者を暴力に晒すなど許されることではない、と輪久井警視長が宣言し、清城と翼も賛意を示したからだ。これを受け、正午前にやってきた副党首の説得に応じる形で革新党の過激派たちは姿を消した。

「羊川さんから見て、増子さんってどんな人？」

公用車に乗り込む背中を眺めながら翼は訊いた。これまで革新党副党首である増子に対しては、華やかな党首と比較して、ぱっとしない感じの人だなとしか評価していなかったけれど、今となっては軽視できない。岩緑が怪物ノウハウを把握していたと仮定した場合、ノウハウを独占するために彼を射殺させた張本人とも考えられるからだ。

「失礼ながら、優秀な方とは思っていませんでした。相槌の巧さで出世したタイプかと」

想像以上に辛い採点だ。

「ですが、たった今、見直しました。中身のない副党首なら、衝突が発生していてもおかしくありませんから」

「少なくとも、党員に矛を収めさせるだけの指導力はあったわけだ」

衝突の危機が去ったことでひとまず安心した翼だったが、実験場の前に立つモーリスナイツが、ますます得意げになった点が気掛かりだった。

実況動画に意識を移すと、テキサスの実験場で、迷宮の前にノースリーブのドレスをまとった女性が現れたところだった。右手に剣を、左手に天秤（てんびん）を掲げている。騒ぎに乗じた乱入者かと思ったが、周囲をカウボーイハットが護衛するように取り囲んでいるので、モーリスナイツの一員らしい。

「こういう恰好の銅像、裁判所に置いてなかった？」

「ユースティティア。ローマ神話の正義の女神ですね」

法関連の施設でおなじみのモチーフです、と羊川が教えてくれた。

「絶対的な正義が自分の側にあるというパフォーマンスでしょうね」

「思い上がりがいっそすがすがしい」

モーリスが女神とハグを交わした。さらに自分が遠くない将来、アメリカ大統領に当選した暁にはこれこれの公約を実行する、という未来図まで語り始めた。笑ってしまいそうな皮算用だけれど、本当にモーリスの予想通りに怪物が現れ、彼の推論が怪物問題の解決に寄与するような結末を迎えた場合、ホワイトハウスの主（あるじ）になることだってジョークとは言えない。翼としては、史上最悪の独裁者が誕生しないことを祈るばかりだった。

「さーて、いよいよ楽しい楽しい実験の時間が近づいてきたぞ。この俺、比類なき天才モーリス・ジガーが、世界の指導者となる新時代の幕開けだ！」

「趣旨が変わってる……」

一人の人間が、名声と権力に溺れていく様を観察するドキュメンタリーみたいだ、と翼は思う。

実況動画の中でモーリスの発言は、即座に英語・ドイツ語・中国語・日本語に変換され、それぞれ字幕が表示されている。なんだか、悲しい光景だ。ＡＩによる自動翻訳技術の素晴らしさと、人間のどうしようもなさがディスプレイを覆っている。

フェンスに目を移すと、興奮した表情でスマホやタブレットに視線を注ぐモーリスナイツの中、マーガレットだけがおすまし顔だった。少し意外だ。モーリスとはビジネスライクな関係にすぎないのか、補佐役としての振る舞いを守っているのかは窺い知れない。

本当に、怪物は出現するのだろうか。

動画投稿サイトには、実況動画の他に、迷宮の内部を案内する動画もアップされている。基本的に材料は現地調達という話だが、どの国の迷宮も、外観、内部ともに区別がつかないデザインだ。というより、明確な違いを出す余地がない。どの迷宮内も、装飾が一切施されていない灰色の壁が延々と続いているだけだった。図南の迷宮は壁に漆喰を使用していた様子なので、どの地域の迷宮も、材料までは参考にしていないことになる。

「各国の実験場、オーディエンスはどれくらい集まっている？」

モーリスが大声を出した。

「全人類を、怪物の恐怖から救う一大実験を始めるんだ。遠慮せずにどんどんやって来い！」

パトカーの側に立っていた輪久井警視長が、露骨に歯がみしている。迷惑なのは、翼も同じだった。イベント慣れしていないエリアでこれ以上人が増えたら、ちょっとした転倒事故からだって、大惨事が発生しかねないからだ。

「怪物が怖いか？　それなら安心してくれ。何が起こっても出てこれないように、迷宮にも、迷宮を覆うフェンスにも、金と労力をたんまり注ぎ込んでいる。迷宮の壁は、丁寧に組み上げた鉄骨を、通常よりセメントの含有率が高いコンクリートでしっかり包み込んだ代物だ。外側のフェンスは、さらに強度が高い！　迷宮と同じ素材を最先端の強化繊維で覆った上、鋼材でサンドイッチされている！　鋼材は、頑丈な上につるつるだから、よじ登れないし破壊もできない……以上が怪物の行動記録と解剖結果から算出したセーフティーの概要。不安なんて吹き飛んじまったろう？」

確かにあのフェンスなら大丈夫そうだ。無味乾燥な鉄板を眺めながら翼は数日前の市議会を思い出していた。議場に出現した怪物は、市役所へ通じる普通のドアさえすぐには破壊できなかった。あれが怪物の精一杯なら、閉じ込めておくには、目の前の設備で充分だろう。翼たちも一時間前に見学させてもらった。馴染（なじ）みの建設業者を手配したと語る清城は、材料にごまかしはなく、建設工程もしっかりしたものだと太鼓判を押していた。

「では、始めようか」

モーリスの声が、厳粛な響きに変わる。スマホの時間表示は十四時ちょうどを示していた。

「こちらはテキサス州ウィルバレー。現在、午前〇時。かねて予告していた怪物の発生メカニズムを探るための実験を、全世界同時に執り行う」

なんとなくそうするべきだと考えた翼は、車外に出てフェンスを注視した。一緒に待っていた羊川も外へ出る。この位置から、翼は実験場を見渡した。

フェンスを取り囲むモーリスナイツの中に猟銃を構えた一群が見える。マーガレットは彼らの中心で指揮を執っている様子だ。このカウボーイハットたちとこちらのほぼ中間地点に集まっているのは、清城議員率いる地元猟友会の面々だ。清城を含めて六名が猟銃を抱えている。清城が中心になって府警に働きかけた結果、今回の実験では猟友会とモーリスナイツに所持と使用が許可されていた。

さっきからパトカーの前にいる輪久井は、無線機を使って忙しく指示を与え続けていた。フェンスの右端と左端にあたる地点に、警察官と機動隊員が数名ずつ配置されている。当然ながら、何人かがライフルを持参していた。

「こちらから確認できる限りで十二丁」

羊川が指折りながら言う。

「おそらく実験場の反対側にも警察やモーリスナイツは待機しているでしょうから、概算で二十四丁ですね。怪物を仕留めるには充分かと」

「問題はその後だよね」

「失敗か成功か。いずれにせよ、これ以上世の中を騒がせないで欲しいものです」

「屋根を外します」

メガホンを持ったマーガレットが大声を上げると、ゆっくり作動したフェンス右手のクレーンが壁の中へ先端を差し入れ、すぐさま平べったい屋根を引っ張り出した。

およそ五分が経過した頃、フェンスの奥から現場作業員数名が現れ、迷宮の壁を全て設置したと報告する。

「迷宮が完全になります」

マーガレットが右手を挙げると、停止状態だったクレーンが軋(きし)みを上げ、つかんだままだった屋根をフェンスの向こうへ動かした。

「日本・京都府・眉原市実験場、作業完了です」

マーガレットが宣言したとき、スマホの実況動画が変化した。画面全体が数十個に分割され、世界各地の実験場と、地名が表示されている。右上に出ていたここ、眉原の映像に「ＯＫ」のテロップが追加された。続いて左下から二段上にあった香港の実験場にも同じ字幕が浮かび、後はパズルゲームの連鎖みたいに、あちこちからＯＫが現れ、最初のＯＫから数十秒後には、全ての実験場がＯＫで飾られた。

どうなる？

モーリスや永倉の仮説が正しかったとして、迷宮が完成して即座に怪物が出現するとは限らない。数分後、それとも一時間後——

「うう、うおおおる」

数日前、聞いた声だった。声というより、喉に絡まった息みたいな音だ。

スマホの中から、目の前の実験場から、どちらからも響いてくる。悪ふざけで不吉な言葉をぶつけてしまったやまびこのように、うおお、おおおう、ううう、るうううと同じ種類の音が、様々な発声で何度も繰り返されている。

「ははっ、成功だ」モーリスの声が流れ、字幕が追いかける。

スタッフが動揺しているのだろうか。実況動画が真っ黒になり、字幕だけが見える。世界各地で生み出された怪物の声が、暗闇を不気味に演出していた。

「どうするよ、おい！　まさかまさか、俺の仮説が適中するとは、びっくりだな！」

半信半疑だったの？　翼はモーリスの豪胆さに驚かされていた。失敗も考慮に入れた上で大勝負に出るのも、アメリカンドリームなのか。

歓声が沸き上がった。成功、実験成功、モーリス、モーリス、モーリス、モーリス、モーリス！　各地の実験場にいるモーリスナイツが、喜びに浸っているのだろう。真っ暗だった実況動画は、モーリスの全身へと切り替わった。実験場と、歓喜のあまりぴょんぴょん跳びはねているモーリスナイツを背に、これ以上ないくらいのどや顔だった。

「実験は成功した。じつに喜ばしい！　しかし、本当に重要なのはこの先だ。俺はハイスクールに一人はいるような、実験大好き化学教師とは志が違う。この実験は、ぴかぴかの泥団子を完成させて、わあすごい、きれいだね！　で終わる話じゃないんだよ。重要なのはこの先だ。前にも言ったよな。迷宮を造り上げることで怪物は出現する。つまり、これまでの怪物が現れた周辺にも、迷宮が用意されていた可能性が高い。それも天然の洞窟や遺跡の類なんかじゃあなく、最近、こっそりと作られた迷宮だ。そんな仕掛けが全世界で繰り返されている。

怪物を操って世の中をどうにかしたいやつら、たぶん、総合民営化主義って考え方に染まりきった悪党共が企みを転がしていやがるんだ。世界中のモーリスナイツに告げる！　悪党共は、君たちの近くにも潜んでいるはずだ。長い間放っておかれてる廃工場とか、誰も住んでいないのに取り壊しの計画が進んでいないお屋敷とか、そういう場所でこっそり迷宮を組み立て、頃合いを見計らって完成させるつもりでいるんだろう。

ナイツの諸君、君たちの力を貸してくれ！　近所を見渡して、ここがあやしい、あそこに迷宮が隠されているかもしれないってポイントを見つけたら、警察に、政治家に通報してやれ。それでも足りないようなら、徒党を組んで、近所の地主のところへ押しかけてもいい。迷宮を隠していないかどうか、地所の隅々まで探し回るんだ。逆らうようなら、そいつは社会の敵だ。悪者の手先だ。少々痛めつけてやってもかまいやしない！」

「なんで扇動しちゃうかなあ……」

翼は前髪をかき乱す。前方にいる輪久井警視長が、地面を蹴り殺すような勢いで靴底をがんがん振り落としていた。

「これからどうされますか」羊川が翼とパトカーを見比べて訊いた。「おそらく、今出現したばかりの怪物を駆除する流れになると思いますけれど、一部始終を確認してから市役所へ戻りますか」

「どうしようかな。後は事後処理みたいなものだし、モーリスナイツが余計なことをしないように、記者会見とかで釘を刺しておこうか」

この際、輪久井や清城も同席させたい。フェンスの方に目をやったとき、

「うううおおおおおおおおおおおおおおおおおおおっ」

地面が揺れるような錯覚に襲われた。

さっきから耳に入って来てはいる怪物のうなり声。しかし、ボリュームがまるで違う。

「いおおおおおおおおおおっ」

「るああああああああああああっ」

「つごおおおおおおおおおおおあああ」

スマホからも聞こえてくる。世界中の実験場で、怪物が唸っている。これまでに確認したことのある動画の中や、議場で対峙した怪物のそれを遥かに超える大音量だった。

こちらの実験場の方へ視線を動かした翼は、信じられないものを見た。

フェンスの向こう側から、角と頭が生えている。

立派な二本の角。上半身の途中からは人間に似た形。これまで目の当たりにしている牛頭の怪物と、シルエットは同じだ。

しかしそれ以外の何もかもが別物だった。明らかにサイズが違う。十メートルのフェンスを超えて上半身が見えるのだから、ゆうに十五メートルを超える背丈だ。陽光に照らされて、全身が光り輝いている。どうやら、鱗のような形状の装甲に覆われているようだ。遠くから眺めてなお、頑丈そうな鱗だった。

スマホを確認する。ここ、眉原だけが例外かもと考えたからだ。

そうではなかった。実況動画のあちこちに、そいつらは現れていた。これまでの個体より明らかに手強そうな怪物たちが、世界数十カ所に出現している。

出現させてしまった。

「ははははっ、こいつは予想外だったが、皆安心するんだ」

動画の中、各地の実験場から生えた角を背景に、字幕が流れ続ける。モーリスの声は早口で、あからさまに落ち着きを失っている。

「どういう理屈かは知らないが、多少、これまでとは違う姿形だが……安全だから、絶対に安全だから落ち着いてくれ。見たところ、怪物は迷宮とフェンスの間に出現しているみたいだが、……大枚をはたいて建設したフェンスは、少々でかくなった程度ではびくともしないよ。乗り越えるのだって難しいさ。絶対突破できないよ！」


さくっ。

丁寧に磨き上げられたナイフで果実かケーキを刻んだような物音が響いた。

響いた、という状況自体が異常だった。普通そういうシチュエーションで、離れた位置まで音が聞こえるはずもない。それなのに、翼の前方でも、手に持ったスマホの中からも音が鳴った。

断ち切られていたのは、フェンスだった。純度の高いコンクリートと鉄骨と特殊繊維で構成された「絶対突破できない」フェンスが、あっさりと斜めに切れていた。爪の生えた右手を振り上げただけだった。

怪物の全身が露(あら)わになった。

そいつは突進を開始した。

第四章　混乱現象

低く見積もっていた。

はっきり言ってしまうなら、怪物の存在を軽視していた。牛頭のやっかいなところは、いつどこで、どういう理屈で現れるのかがわからない点で、それさえクリアになったなら、対応が難しい相手ではないとたかをくくっていた。

少なくとも翼はそんな風に思い込んでいた。輪久井も清城も、職業や経験に裏打ちされた用心深さを差し引いたら、たぶん翼と変わらない認識だったろう。

あっさりとフェンスを引き裂いた怪物が、無造作な足取りにもかかわらずあっという間にパトカーの前までやってきたとき、翼は自分の軽率さを悔やんだ。怪物を生み出す実験なんて、止(や)めさせるべきだった。

これまで世界中に出現した怪物が、このやり方で生み出されていたという確証はない。だったら同じような怪物が生まれるとは限らないからだ。

羊川に腕をつかまれる。ひっこぬくような力強さで引っ張られ、右側に倒れた翼は、さっきまで自分が立っていた位置で車体が浮かび上がるのをひとごとのように眺めていた。

一回転したパトカーは、轟音(ごうおん)と共に土ぼこりを巻き上げる。土と砂利の匂いに顔をしかめながら立ち上がった翼は、大丈夫ですか、と髪の毛の砂を払ってくれる羊川に礼を言いながら、怪物の背中を見送った。

パトカーが底面を晒(さら)している。振り返ると、切断されたフェンスが見える。

「オーマイゴッド。オーマイゴッドオーマイゴッド」

中継映像の中でモーリスが呟(つぶや)いていた。字幕を読むまでもない。世界各地の実況動画の中から、悲鳴と、狼狽(ろうばい)の声が聞こえてくる。世界中で生み出されたあの怪物が、実験場から外界へ飛び出したのだろう。

「なるほど、こうなるのか」

仰向けになったパトカーの近くに永倉が立っていた。

野次馬たちが散り散りに逃げ出し、気合いの入った報道カメラマンが怪物を追い掛ける中、悠然と状況を吟味している。

「私はどちらかと言えば建築畑の学者だけどさ、新配合のコンクリート実験とか、特殊な壁面材の検証テストだとかを見学させてもらうこともある。そういう場合、計算通りの結果が返ってくるのも素晴らしいけど、予想を超える展開になった方が百倍楽しいよね」

怪物の背中に向けて、何度も拍手する。

「カウボーイの親玉も、ここまでは想像できなかったみたいだな」

「なんですか、あれ」博士の落ち着きぶりに違和感を覚えながら翼は訊(き)いた。

「なにって、怪物だよ。おなじみのさ」

「明らかに別物じゃないですか。今回に限って、どうしてあんな個体が出現したんです?」

「そんなに難しい話じゃない」

永倉は小馬鹿にするように人差し指を立てた。

「迷宮構造は、怪物を用意した存在にとって、人類の進歩を測るためのものさしだった。彼らが想定していた複雑さをクリアした時点で、怪物が出現する仕組みになっていた。でもね、文明のレベルを測る指標はそれだけじゃないだろう？　同じデザインの迷宮でも、単純に土を掘り進めたものじゃなく、崩れないように、長持ちするように素材に気を遣った迷宮を造り上げる人類の方が、異星人にとっても厄介な存在に進歩しているはずだ。だったら、出現する怪物にもヴァージョンアップが必要だよな。つまり同一構造の迷宮でも、素材や、成り立ちによって怪物は変化する」

博士は満面に歪んだ笑みを浮かべている。

「怪物は、迷宮が頑丈であればあるほど、強力になるってことだ」

「なんとかしてくれ。誰か、あの怪物を止めてくれ」

スマホからモーリスの悲痛な声が響いてくる。翼にもヒアリングできるくらいわかりやすい単語しか口走っていない。

ほんの数十秒前まで、彼は栄光の頂点にいた。世界中を恐怖に陥れていた怪物がどうやって発生するかを検証することに成功したのだから、大統領になれるかはともかく、世界の賞賛を浴びるくらいの資格はあったはずだ。その栄誉が、一瞬で吹き飛んでしまった。

正直言って、外国の被害を気にしていられる状況じゃない。

翼は遠ざかっていく牛頭の背中を視線で追いかける。すでに一キロは距離が離れただろうか、実験場を後にした牛頭は、干拓地に混在する休耕田と雑草地帯を巨大な足で踏みしめ、ガードレールを紙屑のように破り転がしながら北方を目指しているようだ。時折、その足元でばちばちと火花が騒いでいる。おそらく、畑に設置された獣害防止用の電磁柵だろう。イノシシの侵入を阻む文明の利器も、十メートルを超える巨体には意味をなさない。小さな稲妻は、怪物の脚をアクセサリーのように彩るだけだった。

呆気にとられていた翼の中に、ふと疑問が芽生えた。

「なんか私たち、無視されてなかった？」

今のところ、あの巨大牛頭は積極的に人間を襲ってはいない。

フェンスを切り裂き、正面にあったパトカーを転がしたのも、ただ、直進するために障害物を除外しただけで、近くにいた翼やモーリスナイツの面々に手を出していない。頑丈なフェンスをあっさり裂いたあの爪を振り回すだけで、周囲を血の海にできるはずなのに、それをしなかった。

「確かに、これまでの出現事例とは行動が違いますね」羊川も奇妙さに気づいたようだ。「議場に出現した怪物もそうでしたが、従来の個体は、近くにいる人間を手当たり次第に襲うという印象でした。あのラージサイズは、行動パターンが違うように見受けられます」

もしかして、今回の牛頭は見掛け倒しなのでは？

虫のいい考えが頭をよぎる。干拓地の果てには宇治川があり、川を越えると、京都市で最多の人口を誇る伏見区の住宅地だ。人口密集地で大暴れしたら、過去最大の死傷者数を出しかねない。しかし、今回の怪物はそうでないとしたら？　なんらかのプログラムミスかバグみたいな現象の結果、人を襲わない個体に変化しているとしたら？

「単純に、最適な行動を取っているだけじゃないかな」

けれども永倉の見解は冷淡なものだった。

「出現後の怪物が、なるべく多くの人間を殺害するよう、プログラムのようなもので統制されていると仮定してみようか。ライフル一発で駆除されてしまう程度の脆弱さなら、すぐに近くの人間を襲わないとスコアが稼げない。しかし銃弾に耐えうるくらい頑強な個体なら、その辺に数匹転がっている人間を追いかけるより、人間だまりを探してその場所で暴れ回る方が効率的だろう。人口密集地を探すサーチシステムの類も搭載されているのかもな」

　博士が怪物を指さすと同時に、ばらばらと砂をかけるような音が聞こえた。

　ライフルの斉射音だ。モーリスナイツも猟友会会員も、警官たちも決して鈍重ではなかった。怪物がフェンスを切り裂いた時点で、彼らは野次馬をかばいながら後退しつつ、怪物の進行方向から見て左右に散開していた。実験場周辺では流れ弾の危険性があるため発砲は行わず、怪物が干拓地に足を踏み入れた前後から射撃を繰り返している。素人目には、プロフェッショナルに見える対応だった。よく見ると、マーガレットや清城議員も参加している。

　しかし怪物は回避も反撃もせず、ただただ人口が多いエリアを目指しているように見える。

　博士の仮定が正解なら、さっきは危ないところだった。実験開始前後に迷宮の周辺に集まっていた人々の大半は、怪物がフェンスを切り裂いた直後に四方八方へ逃れたため、命拾いをしたとも考えられる。大勢の人間が集まっている、という判断はどれくらいの人数、どのくらいの狭さで確定するのだろう？　それぞれ、表へ出ずに家の中に引きこもっていたら襲われないのだろうか？　はっきりした目安がわからない以上、このまま市街地へ向かわせるのはまずい。

　市長の仕事をこなさなくては。

　まだ怪物がフェンスを裂いてから二分も経過していない。助けて、とモーリスが訴え続けている動画を切って、翼は府知事に電話をかけた。自衛隊への災害派遣要請を依頼するためだ。幸いというか当然というべきか、知事も実況動画を視聴していたため、すでに要請済みだという。十三キロ離れた宇治駐屯地から、一個小隊相当の戦力がこちらへ向かっているらしい。

　迅速な判断に感謝しながらも、不安は拭えない。自衛隊法第83条で規定されている災害派遣要請は、その名の通り、基本的に台風や地震といった災害から人命を守るために行われるものだ。

この数ヶ月の情勢を考慮して、怪物も「災害」扱いにはなっているけれど、台風や地震に対して発砲するわけではない。この法律の下で派遣される自衛隊員に、どのレベルまで武器を使用させるべきかは現在国会で審議中だったから、ハリウッド映画のような装備は望めないだろう。

「バッドニュースだ。RPGをぶちこんだがびくともしないらしい！」

実況動画を再び立ち上げると、モーリスが涙目で叫んでいた。

ウクライナの実験場で使用したが、鱗の一枚さえはがれなかったという。

RPG—7・対戦車ロケット擲弾発射器。軍事に疎い翼でも、小耳に挟んだ覚えがある有名な装備品だ。ロシア軍との戦闘で、ウクライナ兵がこれを使って、多数の敵戦車を破壊する大戦果を上げたという。

翼は小さくなっていく怪物の後ろ姿と、くらいつくように併走しているモーリスナイツの面々を指さした。

「自衛隊が間に合うとして、RPG以上の装備を持ってくると思う？」

「望み薄ですね」羊川の声が硬い。「あれを超える火力となると、現行法でそもそも許可が出るものやら……」

翼は後ろを向いて、フェンスの破壊された迷宮を見た。

「なんとかする方法があるかもしれない。ちょっと覚悟は必要だけど」

翼は迷宮に向けて走り始めた。

事態が飲み込めない様子の羊川もついてきた。永倉博士も一緒だ。おいおい、何をするつもりだ、と狼狽している。

すっぱり切れているフェンスを通過して、迷宮の前までやってきた。怪物は迷宮とフェンスの間で出現した後、すぐに外へ出たので、迷宮は傷一つ付いていない様子だった。

「君、不用意に触るんじゃない。何が起こるかわからないぞ」

永倉の忠告を聞き流し、翼は迷宮の入口へと足を踏み入れた。

「羊川さんと博士はストップ。中には入らないで」

片手を出して、二人を止まらせる。

「今から面白いことが起こるかもしれない。起こらないかもしれない」

翼は入口周辺の壁をじっくり見つめている。無味乾燥な迷宮は、入口周辺こそ外から差し込む光で見渡せるものの、不安になるくらい薄暗い。照明も、監視カメラも設置されていないようだ。余計な備品を追加して、実験が失敗に終わるのを恐れていたのだろう。

「市長、なにかされましたか」

無線機を片手に駆け寄ってきたのは輪久井だった。この数分姿が見えなかったのは、関係各所への連絡や警官隊への指示に忙殺されていたためだろう。

「怪物がUターンして、こちらへ戻ってきています」

「おお、上手(うま)くいった」手を叩(たた)く翼を、残りの三人が囲む。何をしたんです、と羊川。何に気づいた？　と永倉。輪久井は無言で無線機を握っている。

「博士が教えてくださったじゃないですか。怪物は、手当たり次第に人間を襲うわけじゃなく、自分のスペックも含めた諸条件を考慮した上で動いているみたいって」

「そうは言ったが、今、引き返してくるのがなぜ最適なんだ？」

「私が迷宮の中に入ったからです」

翼は壁にざらざらと手を押しつけた。

「怪物は、迷宮を作ったら出現するように設定されている。なぜなら迷宮は、それを用意した人間がある程度文明を発展させていることを示すものだから。でも、ある時代に迷宮が作られたからと言って、同年代の人間全てが高い知性や技術力を持ち合わせていたり、文明の恩恵を受けていたりするとは限らない」

「言われてみればそうですね。姫路城が築かれた時代、万民が城住まいだったわけではありませんから」

羊川が指先を伸ばし、壁に触れる途中で引っ込めた。

「怪物が単なる人間皆殺しマシンじゃなく、ある程度の文明を手に入れた人間限定の皆殺しマシンだって考えると、最初に標的にするべきなのは、迷宮の恩恵を受けている人間。簡単に考えると、その中で暮らしている人たちでしょう？　さっきまで、この迷宮は無人だった。有人になったら、怪物の行動が変わるかもしれないって試してみたんだよ」

なるほど、と感心するように目を大きくしていた三人は、永倉・羊川・輪久井の順番に顔色を変えた。

羊川が落ち着かない様子で近づいてきた。

「つまり、Uターンした怪物は、市長を狙ってくるって意味ですよね？」

「そうなるね」

「そうなるね、じゃないですよ！　危ないじゃないですか！」

「支持率はアップするよ」

「それはそうでしょうが、スタンドプレーにも限度はあります……」

翼は手のひらでなだめる。

「まだ続きがあるんだよ。怪物が引き返してきたとき、私が外に出たらどうなるだろう？」

翼たちが迷宮に入った途端、怪物はこちらへ戻ってきた。迷宮の中にいる人間を最優先するべき標的と見なしたのだとすれば、再び迷宮から離れた場合、どうなるのか。

「再び方向転換する」

解答したのは永倉博士だった。「まさか市長さんは、これを繰り返すつもりなのか」

「当たりです。怪物がある程度離れたら、迷宮に入る。Uターンして戻ってきたら、迷宮から外に出る、怪物は、市街地へ永遠にたどりつけない。その間に、国会で特別な措置を通してもらって、強力な武器を調達したらいい」

「そんなに上手く行くかなあ？　怪物を制御しているプログラムの類は、もう少し融通が利くものかもしれないぞ。最悪の場合、市長さんはすでにロックオンされているとも考えられる。迷宮の中に居ようが外に出ようが、ずっと怪物が追いかけてくるんじゃないか」

「いずれにせよ、時間稼ぎにはなりますね」無線機を操作しながら輪久井が言う。「了解しました。できれば事前に相談していただきたかった話ですが、事態が動いた以上、対応せざるを得ません。今後、怪物がとりうる行動について、各所に伝達します」

後ろを振り返った警察高官は、露骨に舌打ちした。

「もう、半分は引き返している。さっきより速くなっていませんか」

翼も同感だった。もう表情がわかる距離まで戻ってきている。およそ二分で一キロ程度先まで進んでいた怪物が中途まで戻ってきたことになるわけだが、翼が迷宮に入ってから三十秒程度しか経過していない。単純計算で、二倍速だ。同じルートを戻ってきたせいか、電磁柵の火花は立たず、枯草のかけらが足元を舞っている。

鱗に覆われたその表情から、意思らしきものを読み取るのは難しい。それでも翼は注目されていると感じた。

怪物に向かって数歩前進する。迷宮を離れ、青空の下で立ち止まる。

怪物は、Uターンしなかった。

翼は全速力で駆け出した。実験場の東端で足を止める。息を切らしながら怪物に目をやると、こちらへ体の向きを変えていた。

うわー、と呟いたあと、翼は元いた迷宮の入口に戻ってきた。怪物は、再び方向を変えて、迷宮を向いている。翼を標的に定めているのは間違いなさそうだ。

永倉博士が腹を抱えて笑った。

「私の推測の方が正しかったみたいだねえ。市長さん、どうするよ？　どう逃げる？」

翼が黙っていると、輪久井が気遣うように手を挙げた。

「警察がサポートします。複数人の警官で市長の周りを囲み、人気（ひとけ）のないポイントへ誘導します。できれば車両を使用したい。自衛隊が到着するまでの時間稼ぎにはなるでしょう」

言うが早いか、無線機に口を近づけ、指示を与え始めた。

「絶望を先送りにするだけじゃないのかなぁ」永倉は人の悪い笑みを貼り付けたままだ。「ＲＰＧが通用しないのだったら、戦車の主砲でもぶちかますか？　諸々（もろもろ）の手続きがクリアになるまで、無事でいられるかなあ？」

「あなた、なんなんですか」羊川が声を張り上げる。「こんなに危機的な状況で、何を楽しそうに……」

「私はただの研究者だよ」永倉は悪びれもせずに言う。「風変わりな建築物が社会に及ぼす影響に興味を持っていた変人だ。ある日、影響どころか怪物を生み出す建物の存在を知り、そいつの仕組み、全てを掘り尽くしたいとのめり込んでいる。だからさ、市長さんには感謝しているんだよ。軽率に考えなしに、思いついたアイデアを身をもって試してくれる市長さんにはね」

「ゴミクズが……」

羊川らしくない罵声は、小声だったせいか無視された。

どうやら、生命の危機みたいだ。

なんでこんなことになっちゃったんだろう？　我が身を振り返った翼は、自分のせい以外の何物でもないと結論付ける。よかれと思って行動した結果、窮地に追いやられたというだけの話だった。あんな化け物を、自分一人でなんとかできると出しゃばった結果がこれだ。

もしかしたら、今回に限った話でもない。

化け物なら、以前にも遭ったじゃないか。翼はバンド活動に終止符を打ったあの夜の出来事を思い出していた。ショッピングモールの高級店で、お酌をしろと要求した偉い人たち。コンプライアンスやフェミニズムという言葉が力を持っている現代においてもなお、自分たちにそうさせる権利があると信じている人たち――あれも、ある種の化け物だった。さらに言うなら、そうすることが当然だと信じ込ませるような空気こそが、本当の化け物だった。

あのとき、大人しく従えばよかったのだろうか。少なくとも、他のメンバーはそうするつもりだった。ぶち壊しにしたのは、翼のエゴだ。ためにならないと思った。あのままデビューできたところで、仲間たちの心に暗い影を落とすと気遣ったからだ。

メンバーには感謝してもらえなかった。罵倒され、失望した。それでも、これっぽっちも後悔していない。あの局面で自分はああするべきだったと信じている。

だから今だって、迷わなくていい。

「ちょっと奥まで行ってきます」

再び迷宮に足を踏み入れる翼に、羊川が悲痛な声を上げる。

「どうするつもりですか！　怪物が来るんですよ。中に入ったら、逃げ道がなくなってしまいます」

迷宮は一本道だから、正面を塞がれたら脱出できない。怪物は迷宮に侵入できるサイズではないものの、巨体から繰り出される切れ味満点の爪を喰らったら、迷宮ごとばらばらに切り裂かれてしまうかもしれない。それくらいは理解している。

「マーガレットさんが教えてくれたよね。迷宮を完成させるとき、奥の方を最後に塞いだって」

永倉がびくりと身を震わせた。見ないふりをして、翼は話を続ける。

「そこは他の場所に比べて脆(もろ)いままのはず。塞がった素材を、剝がすなり壊すなりしたらどうなると思う？」

「つまり完全な迷宮ではなくなってしまうわけですね。怪物が迷宮から生み出される存在だとしたら、まさか、消滅する？」

「それはない」永倉が勢いよく首を横に振った。「これまで積み重ねてきた推察に従う限り、怪物を用意した連中は、迷宮構造そのものではなく迷宮を作り出す人間の方に的を絞っていると思われる。多少壊したところで、怪物に変化はないだろうよ」

「壊した後、もう一度、元に戻したらどうでしょう」

翼の言葉に永倉は黙り込んだ。

「つまりもう一度、迷宮が完成するわけです。怪物は、迷宮を作ることで出現する存在でした。一度壊して、もう一度作ったら、出現させる条件としてカウントされると思いますか？」

「あなたが言いたいのは」輪久井が呆(あき)れるようにトーンを上げた。「もう一体、怪物を生み出すという話ですか」

「怪獣決戦です」

翼は大真面目に言い切った。

「これまで、怪物が二体同時に出現した事例は観測されていない。案外、お互いを敵扱いして激突してくれるかもですよ」

「それこそギャンブルじゃないか！　あの怪物を二体も相手にするなんて最悪の展開だぞ」

「博士ご自身が仰(おっしゃ)ったじゃないですか。怪物に、最新鋭の兵器が通用するって保証もないって。だったら、同じ怪物にまかせてもいい」

この場にいる全員が議論しながらスマホにも注意を配っている。動画サイトから流れてくる声と浮かび上がる字幕は、混乱と悲嘆を示すだけで凱歌(がいか)は挙がっていない。今のところ、怪物を駆除したという報告は上がっていないのだ。極端な話、核ミサイルを放ったとしても、ぴんぴんしている可能性はゼロではない。

「もう一体、もう一体なんて危険だ……」

ぶつぶつ繰り返す永倉は、ついさっきまでのマッドサイエンティスト然とした余裕を完全に失っていた。翼の予想通りだった。

「博士、ずいぶん焦ってますね」

「今の状況で落ち着き払っている人間なんているものかよ！」

「さっきまで他人事(ひとごと)だったじゃないですか」

怪物を増やすというアイデアが危険なものであることくらい、翼だって充分承知している。実行するつもりはない。博士の反応を試すためのフェイクだ。一気に畳みかける。

「あの個体はたった一体でも危険です。それなのに、あなたは落ち着いた感じでした。今、二体に増えるかもって話をした途端に、わかりやすいくらいびびってる。本当は、あの個体をどうにかする方法をつかんでるんじゃないですか？　そのやり方は万能じゃなくて、怪物が一体だけじゃないと通用しないんだ。だから浮き足立ってる」

輪久井が博士との距離を詰め、無言で覗(のぞ)き込むように顔を近づけた。羊川は輪久井と反対の角度で睨(にら)み付けている。この二人にも、疑念は伝わったようだ。

「永倉博士、そういう情報をお持ちなら、直ちに教えていただきたい」

国家権力の鋭さが、博士を射すくめる。

「し、しらない」ボウフラが言い訳するような声が返ってきた。「ぬれぎぬだ、いいがかりだ。それより、近づいてきたぞ。市長、私から離れろっ」

すでに怪物と迷宮の距離は、五十メートルを切っていた。

仕方ない。翼の見立てが正しいのであれば、これから輪久井たちが博士を締め上げてくれるはずだ。ここからは自分の身の安全と、周囲を巻き添えにしないことに集中しよう。

迷宮を離れると、横合いからワゴン車が滑り込んできた。振り向くと輪久井が無線機になにか話しかけている。

「市長、乗り込んでください」

運転席から声をかけてきたのは清城議員だった。後部座席にはマーガレットもいる。

「運転してくれるんですか」

「輪久井警視長から話は聞きました。これは私の自家用車で、一番近くで動かせる車両だったから」

それはいいとしても、清城が運転席に居続ける理由がわからない。

「売名行為ですよ」気持ちのいい笑顔で清城は言い切った。「あなた一人が囮（おとり）になって怪物を引きつけたなんて話が報道されたら、相対的に私の評判が落ちるじゃないですか」

「私はこの実験のとりまとめを行う人物ですので、責任を取る動きをします」

マーガレットはライフルを構え、リアシートのウインドウから銃口を覗かせている。

「市長！」

助手席に乗り込もうとしたとき、羊川が声をかけてきた。

「無事に帰ってきてくださいね」

自分も同乗したいけれど、邪魔になると思いとどまったのかもしれない。

「大丈夫」翼は親指を立てる。「無傷で戻ってくるよ。たぶん」

「たぶんじゃだめです」


ワゴンは実験場を離れ、農道を進む。ファミリーカーには厳しい道幅だったが、慣れているのか、清城の運転はスムーズだった。

「できるだけ、人気のないルートを選びます」

ハンドルを操りながら、清流会党首は時折バックミラーを睨む。怪物が映っている。距離は二百メートルくらいだろうか。

「一瞬だけ停めてください」

マーガレットの要求に応じて清城がブレーキを踏むと、直後に後部座席で空気が炸裂した。

「怪物の右目を狙いました」マーガレットが照準に目を合わせたまま告げる。「命中しましたが、だめでした。痛くもなさそうです」

怪物に痛覚が存在するのかわからないけれど、牛頭は、何事もなかったように追いかけてくる。

「眼球が無理なら、銃弾でなんとかするのはいよいよ諦めるしかない」清城が口をへの字に曲げた。「やはりこのまま距離を稼ぎつつ、どこかの国で怪物を倒してくれるのを待つ、という方針しかなさそうですな」

翼としては、自分の推測が当たっていて、永倉が白状してくれる方がありがたかったけれど、博士が良心を持っていなかった場合も希望が残っているのは嬉しい。

バズーカにせよトマホークにせよ、「これで怪物を倒せた」という先例が出てくれたなら、兵器の使用許可も通るだろう。日本の兵器管理体制の下では、後手に回ってしまうところがもどかしい。

　とはいえ実況動画を確認し続けているものの、怪物を撃破したとの報告は上がっていない。どの実験場周辺でも、死者が出ていない様子なのは幸いだった。迷宮に足を踏み入れた人間が囮の役割を果たすことができるという情報は、マーガレットを通じて各地に伝わっているようだ。首長自ら犠牲を買って出るような慌て者は、翼の他にはいない様子だけれど。

　時間がかかるようならガソリン切れも心配だ。代車を手配してもらえるかな、と翼が考えていたとき、おや、と清城が声を上げた。

　バックミラーの怪物が立ち止まっているのだ。

疲れたのかな？　これ以上追跡速度が上がらないなら助かる、と喜びかけた瞬間、

怪物の顔面が開いた。

正確には、上下に大きく口を開けた。

牛の頭部に似たフォルムからは信じられない深さで口を開いている。人食いワニの角度だった。

こちらに向けて全開にされている口内は、牛のそれにも、肉食獣にも全く似ていなかった。

　ピンク色の粘膜の上に、牙も歯も見当たらない。代わりに真珠のような真っ白に輝く球体が一面に並んでいる。

　きいいいいいいいい、と空を掻きむしるような音が鳴った。怪物の周辺から、球体と同じ色の粒子が口の中へ吸い込まれていく。粒子を吸い込み、球体は輝きを増した。すでに口の周辺は、遠くからでも直視できないくらい光を放っている。

　まさか。翼は本日何度目かの生命の危機を感じた。こういうエフェクト、映画とかで見たことがある。

　怪物の口の中に、太陽のような火の玉が生まれた。

「あれをどうするつもりだ」清城の声が焦っている。「こちらへ落としてくる？　それともゴジラのように放出してくるのか？」

いずれにしても、こちらに届くことを想定してるのは間違いない。もっとスピードが欲しい。

「ああ、くそっ」

清城が悪態をついた。農道の前方に車数台を停められそうな空き地があり、そこに三脚を立てた報道陣や、野次馬らしき男女が腰を下ろしていた。元は実験場にいた人たちだろう。手頃な避難スペースを見つけて、小休止していたようだ。全員、火球を蓄えた怪物を見上げて、固まっている。非現実的な体験に見舞われすぎた結果、思考停止状態にあるようだ。

車を停め、三人とも車外へ出た。

「皆さん、さっさと逃げて！」

清城は両手でメガホンの形を作り、周囲に呼ばわっている。

「この場所は火の海になるかもしれません。避難をお願いいたします。その上で、心の隅に留めていただきたい。市民を守るため、身体を張って怪物に立ち向かっているのはこの私、清流会党首清城知治、清城知治です！」

貪欲すぎる。自分もアピールしようかと翼が迷っていると、スマホが鳴った。相手は永倉博士だ。

「もしもし？　あと五秒で死ぬかもしれない利根川です」

「さっき、私を迷宮に引きずり込まなかったのはどうしてだ」

呆れている声だった。

「質問より答えが欲しいんですけど」

「私に洗いざらい吐かせようと思ったら、私も怪物の標的にしてしまえばよかったんじゃないのか？　私の手を取って、数十センチ引っ張れば済む話だった。思いつかなかったはずはない」

「市長ですから」翼はありのままを回答した。「危険なことに巻き込んで口を割らせるなんて、よくないやり方です」

「あはは、ご立派だな！」

苦々しげな声が返ってきた。

「高校の学園祭でクラスお揃いで作ったトレーナーの集合写真をずっと飾っているような正しさをちりばめた感じ！　きらいだきらいだ、私は嫌いだっ」

「学園祭は中止でしたよ。学年で、大規模な不純異性交遊が見つかって……」

「そういう問題じゃないんだよ。あんたがそういうタイプの人間だったって話だ。気にくわないって話だ。けれどもだな、ここで傍観者に徹していたら、私は一生、社会からトレーナーをもらえないままだ」

「社会のトレーナーって何です？」

「例えばの話だよ！」

ワゴンと怪物の中間地点にある休耕田を突っ切るように走ってきたパトカーから、博士が降りてきた。こちらへ向けて大声を出す。

「フォローはしてくれよ！」

翼が首を傾げると、

「私が色々黙っていたこと、絶対怒られるだろうから、なんとかしてくれよっ」

なかなか難しい要望だった。

「前向きに善処いたします」

「こんなときだけ悪い政治家になりやがって」

　今にも火球は怪物の口元を離れ、落ちてくるか撃ち出されそうだ。

　しかし博士は慌てる様子もなく、怪物に向けて身を翻し、息を吸った。そして一言口にした。

「消えろ」

　巨大な牛頭は、苦しむ素振りさえ見せなかった。

　全身がぼろぼろと崩れ去るとか、灰みたいに空気に飛ばされるといったありがちな特殊効果さえ発生しない。ただ、消えていた。煙のように消える、という表現よりもあっけなく消えてしまった。

　後には踏み荒らされた休耕田と、踏み潰された電磁柵が延々と残っているだけ。

　マーガレットは言葉もなく空を見上げている。

「簡単すぎる」清城が空気に向かって文句を吐いている。「こんなに簡単に？　ただそれだけ？『消えろ』と言うだけでかたがつく仕組みだったのか？」

「誰でもできるわけじゃあないんだ」

　ばつの悪そうな顔で永倉博士が近づいてきた。

「世界中の実験場に伝えてくれ。過去に怪物を倒した経験がある人間を矢面に立たせるんだ。彼らが要求するだけで、怪物は消える」

第五章　ミノタウロス現象

「ああ、えーと、永倉秀華と申します。専門は郷土史学、施工主の強い欲求が反映された建築物が、周囲にどのような影響を与えるかというテーマについて、長年研究しております」

　周囲から見下ろされる位置にある演壇に立ち、ぽつぽつと語り始めた永倉博士の姿を見て、翼は小学校の学級会を思い出していた。悪戯がばれて、吊し上げを喰らう子供みたいだ。

　モーリス・ジガーの実験が終了した当日、十六時の眉原市議会は、臨時の議場として選択されていた市民体育館ではなく、本来の、ショッピングモールに隣接するスペースで開催されていた。怪物にトラウマを感じていた数名の議員がやや回復したこと、怪物の脅威に対抗する手段が判明したことが理由だった。

　厳密に言うと、この議会は地方自治法やその他の法律に規定される議会ではない。市長や市議会議員、京都府警の高官がある問題について説明を受けるために顔を出しているために、市議会のような体裁になっているという状態だった。演壇の右隣には翼、左隣には清城と輪久井が控え、永倉博士が返答によどむ場合にはフォローするよう準備している。

「最初に申し上げておきたいことはですね、私が今回の怪物事件に関連して、ズルといいますか非協力的と申しますか、重要な事実を公表せずに隠していた点につきまして、少なくとも、説明を終えるまでは大目に見ていただきたいという点にございます。話の途中で、なんで黙ってたんだよ、とお叱りを受けるだろう場面が多々見受けられる点は事実でございますけれども、いちいち罵声が飛び交うようでは話も進みませんから、お怒りはまあ、最後にまとめてお願いいたします」

演壇の反対側で、輪久井と清城が揃（そろ）って肩をすくめる。

永倉が調子のいいことを言っていられるのも、世界各地の実験場で怪物が姿を消し、幸運にも死者がゼロ人で終わったからだ。モーリスナイツの中には怪物との遭遇経験を持つメンバーが一定数含まれており、彼らが永倉博士と同じ役割を果たすことで、一体の例外もなく巨大牛頭は消滅した。若干の負傷者は発生したものの、モーリスの威信はぎりぎりのところで踏みとどまったようだ。

振り返ってみると、巨大牛頭が出現していた時間は十五分に過ぎなかった。私の人生で一番密度の濃い十五分だな、と翼は思う。

それから、いやがる永倉博士をなだめすかし、輪久井が手錠をちらつかせた結果、この臨時議会が開かれる運びとなった。怪物を消滅させる方法を博士がなぜ知っていたかについて、存分に語らせる舞台。当然だがマスコミの注目度も高く、傍聴席は満員だ。

「私は長年、訪れた人間に特異な影響を与える建築物の研究を続けて参りました。図南星鍵の別荘も、その一つです。ミノタウロスの伝承に取り憑（つ）かれた図南は、世界各地に残っている迷宮図を参考にして別荘を造り上げました。彼は、その中で命を落とした。遺体には、およそ人間の仕業とは思えない殴打の痕跡が残っていたそうです」

「当初、私は迷宮図の構造が、ある種の精神的高揚感というか、幻覚をもたらす作用を有しているのではないかと想像しました。伝統的な舞踏や宗教儀式の中には、特定のステップや歩行を繰り返すことによって一瞬のトランス状態に陥るものも見受けられます。トランス状態は、身体性能の解放をもたらす場合もある。図南を殺害したのは、幻覚作用によって、運動能力が飛躍的に向上した人間ではなかったかと仮説を立てたのです」

　これは、翼も初耳の話だった。永倉がどういう経緯で迷宮の機能を知ったのか、わかってきた気がする。

「仮説を証明するために、迷宮を再現したいと考えるのは当然の成り行きです。別荘跡を訪れた私は、残存していた基礎部分の位置関係から、図南の迷宮がどのような構造になっていたかを割り出しました。この迷宮がそもそもミノタウロスの迷宮の模倣だったことを考えると、二重コピーと言うべきでしょうか。本来なら別荘の設計図も手に入れたかったところですが、複雑怪奇な成り行きにより行方知れずとなっておりましたので」

　ここで博士は、揶揄（やゆ）するようにこちらへ視線を送ってきた。郷土史料館が廃止された際、図南関連の文書が行方不明になってしまった件をあてこすっているのだろう。翼に直接の責任はない話なので、知らないふりをしておく。

「さて、私は地主だった親戚から、大阪府内のとある低山を相続しておりました。山のふもとには、数年前に離農した親族のビニールハウスが放置されたままになっていたため、これを転用して、迷宮を再現してはどうかと思い立ったのです。安価な壁面材を買い揃え、たった一人で作業を進めました。すごいでしょう？」

　拍手か驚愕（きょうがく）を期待していたらしい。一拍間を置いた博士は、無言で頷（うなず）くだけの反応しか返ってこなかったことに腹を立てたのか、声を太くする。

「……まあ、ともかく迷宮構造を完成させたわけです。その直後、何が起こったのか？　言うまでもありませんね。怪物が出現したのです。昨年、十二月の出来事でした」

議場にどよめきが走る。世界を揺るがす大事件に関する重要な事実を、博士が二ヶ月の間隠していたことになるからだ。

「あのときは、幸運に恵まれていたと言わざるを得ません」リアクションを得られたおかげか永倉は機嫌を直している。「山深い土地を管理する必要上、クマ対策として狩猟免許を取得しており、その日も猟銃を持参していたことが命綱となりました。出現した怪物は、今思い返すとビニールハウス産ということもあってか、世界各地で出現していた個体よりも劣った身体性能であったため、狩り慣れしていない私でも、なんとか射殺することができたのです。はい、はい、皆さん、ご質問をいただくまでもありません」

がたがたと数人の議員が立ち上がり、挙手するつもりなのか手を動かしたが、先手を打つように博士が手のひらを差し出す。

「そのタイミングで、全世界に公表するべきだったと仰りたいのでしょう？　でもね、それまでの常識に反する出来事が起こったとき、そんな風に正しく行動できるとは限らないのですよ。私はためらっていました。こんな不可思議を、そのまま伝えたところで信じてもらえるとは限らない。最初に睨んでいた通り、幻覚を見ているだけなのかもしれないとね。発表するにしても、検証を繰り返して、ある程度情報が揃った時点で提供しようと考えたわけです。そもそも、怪物が怖かった。だから私が最初に下した決断は、全てを見なかったことにするというものでした」

嵐のような非難が巻き起こる。永倉は跳ね返すように腕を組んだ。

「他にも重大な理由がございます。間違いなく、この怪物は世界中の怪物騒動とリンクしているものと思われましたから、下手に事実を公表すると、無用の疑いを招く恐れがあると心配になったからです。断言いたしますが、私が世界各地に怪物を出現させたわけではありません。私は悪くないんです！」

どん、と演壇を叩き、博士は言い切った。言いたいことはわかる。しかし面の皮が鋼鉄だ。

「説明責任云々は水掛け論になってしまいますから、今は横合いに置きましょう。できれば生涯、置きましょう。怪物出現から数日後、やっぱりこの事実を放っておくのはまずいんじゃないかなあと思い直した私は、ビニールハウスで検証を始めることに決めました。ここからは、どんな実験を繰り返したかをお伝えします。ハウスの中に、別荘跡と同じ構造で迷宮を作り上げると、外側に怪物が発生します。この怪物を打ち倒しても、すぐに新たな個体が出現するわけではありません。しかし、一旦、迷宮構造の一部分を取り外すなりして、再び元に戻した場合、第二の個体が現れます。つまり迷宮構造を一つ用意するだけで、その気になれば次々と怪物を発生させることが可能なのです」

傍聴席から、ペンや鉛筆を滑らせる音が聞こえてくる。静聴状態の議場とは言え、ここまで響いてくるのは情熱の反映だろうか。

「射殺した怪物を、一体一体、私は調べ続けました。このときほど、解剖学の知識が欲しいと願ったことはありません。計七十八体を切り裂き、使い慣れない顕微鏡まで導入して明らかになったのは、怪物の細胞は乳牛と同種のものであり、体内の細菌類もほとんど共通しているという程度の情報でした。巨体を瞬間移動させる内蔵ユニットの類は検出できませんでした。

ちなみに大半の死骸は野生動物用の焼却装置で隠滅しました。鹿やイノシシを処分する農作業用品、と申し上げれば、農業に従事されている方にはわかっていただけるでしょう」

ここで永倉は言葉を切り、翼を睨んできた。なんだろう、と迷ってから、翼は演壇の脇に置いてある紙袋と、その中に入っている天然水のペットボトルに気づく。壇上に持って行くと、ひったくってごくごくと飲み干した。

「研究の上で転機になったのは、二十一体目の怪物を生み出した直後でした。いつものように出現した個体を射殺しようとライフルを構えたとき、私は、銃弾を込め忘れていたことに気づいたのです。

恥ずべき失態でした。これほど超現実的な事柄に直面しておきながら、繰り返すことで精神に緩みが生まれ、信じられないイージーミスを犯してしまったのです！　こうなるとパニックです。ビニールハウス生まれの怪物は鈍重そのものでしたから、落ち着いて銃弾の保管場所へ向かい、補充すれば対応可能なはずが、すっかり慌てふためいてしまいました。真っ白になって、保管場所が思い出せないのです。うろたえている間にも、怪物は近寄ってきます。無様にも、私は足をもつれさせて転んでしまいました。はっきり覚えてはいませんが、そのとき、『どっかへいって』『いなくなって』『消えて』等と口走っていたと思います。すると、怪物が忽然と消滅していたのです」

傍聴席も、議場もざわついている。

自分の失態を語っておきながら、博士は反響に満足している様子だった。

「怪物には言葉が通じる。こちらの要望を伝えて消滅させることさえ可能。浮上したこれらの仮説を、新たに発生させた怪物を使って検証する作業が始まりました。最初のうち、検証は順調で、消えろと言えば消滅する、どこかへ向かえと伝えればその通りに動く等と、事例が集まっていきました。ビニールハウスを持ち上げるといった簡単な作業さえ指示可能で、まるで伝承の式神使いになった気分でした」

呪符でも持っているつもりなのか、博士は二本の指で何かを挟むポーズを取った。

「しかし四十一体目の怪物を生み出したとき、命令が通じませんでした。なにか条件を失ったのだろうかと訝りつつ射殺した後、引き続き生み出した四十二体目に同じ命令を伝えたところ、四十体目以前と同様に従ってくれました。ふと思いついて、それまでに命令を使わずに駆除した怪物の頭数と、怪物に与えた命令の回数を数えてみたところ、数は、一致していたのです。はい、ここ重要。数が、一致して、いたのです！」

いきなり予備校講師みたいになった。ともかく、永倉が強調したい気持ちはわかる。

「怪物を独力で駆除した人間は、駆除数だけ、命令の『ストック』のようなものを手に入れる。ストックがなくならない限り、怪物を操作可能。これが結論です」

腑に落ちる。迷宮から二体目の怪物を生み出してみてはどうかと提案したとき、博士が狼狽していたのは、ストックの問題だったのか。おそらく現時点の博士は、命令権を使い切ってしまっているのだろう。

傍聴席がさらに騒がしくなった。記者たちの中には、議場にいるのもお構いなしで、スマホで何かを連絡している者も見受けられる。いちはやく特ダネを伝えたいのだろうか、警備員に注意されて立ち上がったが、まだ博士の話が気になるのか、こちらを眺めている。

「私がお伝えしたいこと、検証結果は以上です」

博士が演壇から離れかけたとき、数人の議員が手を挙げた。議長の許可も得ず、質問を投げかける。

「大勢の人々が信じているように、こうしたメカニズムが異星人の意図したものだったとしたら、どのような目的だったのか仮説はお持ちですか？」

「あー、その点に関しても、考えがないわけではありません」

引き返し、永倉は得意げに笑う。

「ただ想像の域を出ない内容ですから、このような公の場で開陳するにはふさわしくないかと」

「それでも構いません」「見解や空想のレベルでも結構ですので、うかがってもよろしいでしょうか」

食い下がる声に、博士は喜色を浮かべたまま腕組みをする。わかりやすい俗物……こういうところ、嫌いになれないなと翼は思う。

「え――っ、どうしようっかなあ。そこまで言われちゃ断れないなあ、教えちゃってもいいかなあ」

「永倉博士？」

輪久井警視長がぴしゃりとたしなめた。ひい、と博士は喉をつまらせる。

「真面目にやります。真面目に話します……モーリス・ジガーの推論の内、怪物を用意したのが人類より遥かに優れた科学力を持った存在であるだろうという点には私も同意します。ただ、彼らがある程度文明を発展させた人類を駆除するために怪物を配置したという発想には賛同いたしません。むしろ反対で、人類を発展させるためにシステムを敷いた、とも考えられます。そう考える根拠は、怪物を倒した際にメリットが得られるからです」

永倉の発想力に、翼は舌を巻いた。確かにそうだ。人類を攻撃したいだけだったら、怪物を倒したとき、命令の『ストック』が手に入るのはおかしい。

「人類を凌駕する科学力を持った存在――宇宙人でも未来人でも古代のコンピューターでも結構ですが――が宇宙を渡り歩き、自分たちと同じような知性を持った生き物と出会うことを待ちわびている、と仮定いたします。彼らは数万年以上前の地球で、洞窟暮らしをしていた私たちの先祖を見つけ、彼らの友達になってくれるくらい高度な文明を築く未来を期待して地球を去りました。しかし再び、たぶん数千年単位の時が経過してから再訪したとき、私たちは洞窟に隠ったままでした。彼らは残念に思います。このまま地球の友人たちは、文明を発展させないまま、洞窟の住人として種の最後を迎える運命かもしれない」

代弁者のように、博士は言葉を操り続ける。

「そんなのはいやだ。けれども、無理やり自分たちの科学技術を教え込むようなやり方も、彼らの自主性を否定することになってしまう。そこで思いついたのです。人類に、ちょうどいいレベルの危難を与え、ささやかな恩恵を与えることで、進歩を促すやり方を」

振り上げた指先を宙に這わせる。描くのは迷宮図のデザインだ。

「洞窟が複雑な構造になった段階で、怪物が出現するよう設定しておく。この怪物は、その段階の人類が有しているだろう武器や組織力では、まだまだ相手取るのは難しい。しかし複数の洞窟に住む人類集団が力を合わせ、統率力と狩猟道具の扱い方に磨きをかけるのであれば、なんとか太刀打ちできる。怪物に勝利したとき、人類は、新たな一歩を踏み出すことになる」

博士は人間の歩みを表現するように演壇に手のひらを押しつける。

「さらにご褒美も手に入ります。倒しただけなら、手強い怪物だったなあ二度と戦いたくないよ、で終わるだけかもしれませんが、同じ怪物を操る権利が手に入るならモチベーションも生まれます。古代の人類は、怪物を倒した際、同じ怪物への命令権が手に入ると理解していた。だから怪物の何体かは、黒魔術の使い魔やカバラのゴーレムのように、密かに使役されていたと思われます」

今度は両手の人差し指を立て、頭の上に配置しておどけている。

「神話や伝説において、牛は重要な役割を果たしています。日本では牛頭天王がスサノオノミコトと同一視され、祇園信仰の祭神として畏怖されている。ギリシャ神話には、牡牛に姿を変えたゼウスにさらわれた美女エウロパが、広大な大地に流れ着き、その地、ヨーロッパの祖になったという挿話が残されている。いくつかの宗教で、牛が神聖な存在と規定されている事実。そして有名なクノッソス宮殿のミノタウロス——これらは人類史の初期において、牛頭の怪物が私たちに脅威を与える存在だったと同時に、重要なギフトであったという事実を示唆していると思いませんか」

議場から、傍聴席から、言葉にならない感嘆の吐息が漏れる。

シャワーを浴びるように身を震わせる永倉を見て、翼は学者さんと呼ばれる人たちへのイメージを改めた。頭がよくても、マッドサイエンティストでも、人間なんだ。

「どうして牛だったんでしょう」

今回、手を挙げたのは近くにいる清城議員だった。

「怪物は我々が畜産に使用している品種と似通ったDNAを持っています。すると異星の人たちは、畜産牛を改造して怪物を作り上げたという解釈が可能ですが、なぜこの動物が選ばれたんでしょう」

「それは、反対だったと推測します」

博士は得意げにあごを上げた。

「最初に畜産牛がいて、怪物が作り出されたのではなく、怪物の後に畜産牛が作られたんです」

どういう意味ですか、と言いかけて、清流会党首は手を叩いた。

「ああ、命令のストックですか！」

「私も試してみたんです。現れた怪物に、『普通の牛になれ』と命令すると、牡牛に変わりました。多分、古代の人類は駆除した怪物を食材として活用していた。けれども、あのままのフォルムでは筋肉も筋張っていて、美味(おい)しくいただける部分も少なかったはずです。そこで、『食べやすい形に変われ』とか命令を与えたんでしょう。命令で性別を変えることができるかまでは未検証ですけど、雌雄で複数体を獲得すれば、繁殖も可能です。あるいは、野生種と配合させたのかもしれません」

異星人は地球上で発見した適当な生物を改造して怪物を作り出した。人類は、命令のストックを使って、怪物を食用に適した形態へ変化させた。それこそが、現在の食用牛・乳牛の祖先となった。これが永倉の結論なのだろう。明日から牛乳を飲む気分が変わりそう、と翼は困惑する。

「他にご質問はございませんか？」

　素早く手が挙がった。翼と同年代くらいの女性記者だ。

「怪物を生み出し、操作するこのノウハウが、今の今まで公になってこなかったのはどうしてなのでしょうか。古代期などでは、怪物を戦争に利用しようと考える帝王がいても、おかしくはないように思われますが」

「様々な要因が考えられるでしょうが、システムの単純さが最大のネックになっていたと思われます」

　永倉は誇るように声を躍らせた。

「例えばここに集まっておられる皆さんは、バイオテクノロジーの権威でも、呪術や魔術の研究者でもない方が大半であるはず。にもかかわらず、ジガー氏や私の説明を聞く程度で仕組みを理解している。このノウハウは、ある意味では戦闘機の操縦や、原子力発電所を稼働させる技術よりもはるかに単純で、わかりやすいのです。

　古代人の立場になって考えてみましょうか。洞窟暮らしをしていた人々の中で、この仕組みをいちはやく把握できたような個体は、怪物を複数体仕留めることができるレベルの戦闘能力と指導力を兼ね備えた人物、つまり、集団のリーダー格であった可能性が高い。その人は思い立ったことでしょう。怪物を大勢呼び出して、対立する集団なり王国なりにけしかけてやってはどうだろうかと。しかし、リーダーに上り詰めたような人物なら、すぐさま問題点を悟ったはずです。怪物を敵地に送り込んだ際、敵側に、怪物を倒した経験を持つ兵士がたった一人でもまじっていたら、その兵士が『来るな！』『消えろ！』とでも叫んだとしたら……敵国も、味方もこのノウハウを把握してしまう危険性があると。そうなってしまったら、戦争に敗北するばかりか、部下に反旗を翻されてしまう可能性も否めません。ようするにこのノウハウは、権力者が大々的に使用するものではない」

永倉は言う。さっきも述べたように、古代人が、怪物を全く利用していなかったとは思えない。ただしその活用方法は、敵対者を密かに葬り去るなど、おおっぴらではない使用方法だったに違いない、と。

「その性質上、ノウハウは、粘土板や竹簡に記されることはなく、ごく一部の権力者とその後継者の間で密かに語り継がれるだけに止まっていた。この場合、伝染病などの不慮のアクシデントで把握している者が死に絶えてしまったら、口伝は途絶えてしまいます。さらに時代を下るにつれて、洞窟生活を送る人々の数も減り、ノウハウに気づく機会自体も減少してしまった……戦争や大事業に活用されることなく忘れ去られてしまったのは、おそらくこのような要因があったからだと思われます。異論、反論はございませんか？　別の質問は？」

すっかり上機嫌になって議場を見渡す永倉に対して、おもむろに手を挙げたのは一人醒めた眼差しを守っていた輪久井警視長だった。

「これほど重大な事実を、あなたは短期間とは言え秘匿されていた。その点に関して、改めて弁明いただきたい」

傍目にも、博士のテンションが急降下しているのがわかる。「それは、ええとですね、さっきもですね、申し上げた通りですね」小声で、しどろもどろに言い訳を始めた。「名乗り出たら、疑われるじゃないですか。私が元凶じゃないかって」

それなりに筋が通った弁明だったが。警官は容赦しなかった。

「沈黙を守っていただけなら理解はできる。しかしあなたは、知らないふりをしてモーリス・ジガー氏に示唆を与え、実験を行うようけしかけていたでしょう。何を企(たくら)んでおられたのです」

「それはあ……モーリス・ジガーがお金持ちだったからです」

博士は両手の人差し指を擦(こす)り合わせながら言う。

「純粋な知識欲ですよ。私一人では検証が難しいような実験を、色々試してもらいたかったんです。実際、今回の巨大ミノタウロスなんて、ビニールハウスじゃ生まれなかったでしょう？」

「なるほど。全人類が怪物に脅かされる事態より、ご自身の探求と自己保身を優先されたわけですね」

輪久井は刺すような眼差しを博士に注ぎ続けている。

「控えめに言ってそれは、最低と評するべき態度では？」

返答に困っている様子でしばらく沈黙を続けていた永倉は、どうしようもないと覚悟したのか、最後に満面の笑みを浮かべた。

「そうです。最低ですね！」

第六章　探偵現象

永倉の発表は全世界を興奮の渦に陥れた。

数ヶ月とは言え、全人類を脅かしていた未曾有の怪現象の対策が判明したことに対する安堵。

地球外生命体が、人類の発展に影響を及ぼしていたという仮説に対する受容と反発。

そして永倉の無責任な行動に関する怒り。

上記三項目がテレビ・ネットを問わずニュースの中心で、実験の直後、翼が色々と奔走して永倉に口を割らせ、結果として巨大牛頭の大量殺戮を阻止できたお手柄に関しては、ついでの話題として報道されただけだった。

「責任を追及されなかっただけでもよしとするべきです」

ぶつぶつこぼす翼を、羊川がなぐさめてくれた。消極的にとはいえ、実験を支持していたのだから、被害がゼロでなかった以上、本来なら糾弾も免れ得ない。こちらを非難する流れになっていないのは、永倉博士のやらかしが大きすぎたためだ。

「博士は東京へ移送され、警視庁が身柄を預かっています」

実験の翌日、昼前に市長室を訪れた輪久井が教えてくれた。これはイレギュラーな対応らしい。

「もはや京都府警の手に余る存在ですからね。ワールドクラスの不作為犯。ちょっと珍しいですね」

侵略戦争の戦犯のように国際司法裁判所で裁かれるのか、それとも各国が協議した上で特別な枠組みを作成するのか、日本の顔を立ててもらって国内法で裁くのか、対応は未定だという話だった。

巨大牛頭を消滅させる直前、博士には情報を隠していたことをフォローしてくれと頼まれている。翼としては、どんな罪で、どの程度の量刑が下されるのか、情状酌量の余地はあるのかが気掛かりだった。

「最悪の場合、死刑ですか」

「それはないかと思われます」輪久井は控えめに手のひらを動かした。「確かに怪物への対処法を黙っていた、という事実だけに注目した場合、博士の所業は非難を免れ得ないものです。この数ヶ月で、死傷者も発生していますからね。ですが隠し通すことで、悪用される機会を減らしたという弁護も成り立つのですよ。博士がろくでもない輩に情報を漏らしていた場合、現状とは比較にならない被害が発生していた可能性も否定できませんから」

「そのろくでもない輩が、全世界の怪物騒ぎを巻き起こした犯人とは考えられませんか」

羊川が熱心な口ぶりで割って入ったが、輪久井の見解は異なるものだった。

「あそこまで秘密主義だった永倉博士が、核心部分をリークしたとは思えないというのが私の判断です。犯人は、博士が関係していないルートで情報を入手したのではないでしょうか」

警察官僚は尖った眼差しをこちらへ向けてくる。

「いずれにせよ、永倉さんは黙っていただけです。このシステムを利用して全世界に恐怖を振りまいた悪行の発案者にこそ、彼女以上の責を負わせるべきでしょう。ちなみに警視庁の方々は、岩緑篤が関係していたのではと睨んでいる様子です」

振り出しに戻ってきた。翼は羊川と顔を見合わせる。

この数日、ワールドワイドな出来事に巻き込まれ続けていたせいで焦点がずれがちだったけれど、眉原市議会にとって重要な問題は、革新党党首が死に追いやられた経緯を明らかにすることだ。

件の話はここで一段落となった。輪久井が市長室へやって来たのは世間話をするためではない。件の別荘跡地周辺で、博士のレクチャーを元にした怪物の出現実験が警察や機動隊監視の下に執り行われている。翼たちも、見学させてもらう手はずがついたからだった。今回も輪久井のパトカーに同乗して市境へと向かう。

実験場そのものは、一見、前日と変わりがないように見える（巨大牛頭が切断したフェンスは取り替えられていたが）。重要なのは、前日まで手つかずだった実験場横の別荘跡地も、屋根付きのフェンスで覆われているという点だ。マスコミや野次馬に、万が一にでも迷宮のデザインを把握されないための配慮だろう。突貫工事を行ったことは翼も報告を受けている。

「今更と思われるでしょうが、迷宮の構造に関しては、くれぐれも他言無用に願います」

駐車した直後に輪久井が切り出してきた。言われるまでもない。テロリストや社会に不満を持つ人間に伝えてしまったら、様々な方法で悪用されるに違いない。

実験場の前にはマーガレットが立っていて、翼たちを案内してくれた。カウボーイルックではなく、清潔そうな白衣をまとっている。彼女のボスだったモーリス・ジガーは、実験を取りまとめるポジションから外されたと教えてくれた。各国の実験場周辺を管轄する警察機関が、合同で施設を管理する体制を敷き、マーガレットは管理団体にスカウトされたのだという。

「命令する力がどれくらい広いかをテスト中なのです。今は命令の効果を探る実験です」

二つ目のフェンスを通過すると、迷宮の前に頑丈そうな檻が二つあり、それぞれの内部に一体ずつ怪物が横たわっていた。

その後ろに見える迷宮本体は、前日の実験と比べるとちゃちに見える。正面から確認する限り、ホームセンターで販売されているアクリルや段ボールの素材を組み合わせたような安上がりな代物で、天井に飛び乗ったら崩壊してしまいそうだ。今回は警察や国も関与しているから、予算や人員不足でこうなっているわけではない。安全性を配慮した結果だろう。怪物に目を戻すと、身長は二メートルにも満たず、角も短い。怪物のスペックは、その個体を生み出した迷宮の堅牢さに左右されるという博士の解釈が正しかったことになる。

「一度迷宮を完成させて一体、一回壁を外してから組み直したらもう一体現れました」

マーガレットが迷宮の入口横を指さした。周囲とは色の違うアクリル板が、破損を補修するように貼り付けてある。この部分を取り外したという意味だろう。

「怪物同士を対決させたんですか？」

ずっと気になっていた事柄を、翼は訊いてみた。

「ここではやっていません。でもブルガリアの実験場で試しました。無意味でした。どちらも無視して、ぶつからないように動き回るだけでした」

よかった、この前は実行しなくて。翼は心の中で胸を撫で下ろす。

「こちらの怪物は、四体駆除済みでした。スタッフが『眠れ』と呼びかけたら、二体ともスリープしました」

先に怪物を駆除したストックが残っていた場合、後で出現した怪物に命令できるという推論の方も、ある程度証明されたことになる。サンプルが博士一人だけだった場合、彼女に特別な力が宿っているだけとも解釈できるからだ。

一つ、疑問が明らかになると、また別の謎が湧いてくる。

「二体同時に眠ったって話ですけど、片方にだけ命令を与えるのは無理なんでしょうか」

「できるんじゃないかなあという感じです」

どっちなんだ。

「トルコの実験場で二体いるとき、片方にだけ目を合わせて命令したら、そいつだけ眠ったらしいです。さっきは、どちらにも目を合わせず、両方に呼びかけるつもりで話しました。違いが、どこまでかはまだ解析中です。詳しいレポートはまだですが、口に出さなくても命令が通じたという報告もあります」

思ったより臨機応変に対応してくれるんだな……翼はお休み中の二体を見比べた。本当にどういう仕組みなんだろうとつくづく不思議だ。人間の意識をとらえるようなセンサーが、怪物に搭載されているのだろうか？

「一度成功した実験を、これから再テストです」

マーガレットが宣言すると、檻の前に彼女と同じ服装をしたスタッフがやってきた。

視線を、片方の檻へ注いでいる。

「北緯 42.692239 度、東経 23.324034 度、に移動しろ。出現時刻は二月十四日、五時三十分」

永倉博士のときと同じだった。

怪物は、一瞬で消えていた。

スタッフは一礼して戻っていく。

「今の人は、命令を三つ使っています。移動しろという命令と、その場所と時間を決める命令です。移動しろ、だけの命令は、どこかわからない場所に送り込まれてしまったら危ないので、実験はしていません」

「伝えたのは、ブルガリアの首都、ソフィアの位置情報ですね」

先程から無言で実験を眺めていた輪久井が、スマホに目を落としながら訊いた。緯度経度を打ち込んで検索したのだろう。

「ちなみに今告げた時間は、現地時間ですよね。こちらの時刻で指定することはできないのですか」

「どちらの時間になるかは、命令した人によって違うみたいです」

檻の正面に備え付けられた小さな机の上に、タブレットが置いてある。記録を取っているのか、マーガレットはタブレットを覗きながら、「ある人、こっちの時間のつもりで命令しました。その時間に現れました。別の人、現地の時間だと思って命令しました。やっぱりその時間でした」

本当に親切なシステムだ。

よくよく考えると、最低でも一万年以上前に設定されたシステムであるはずなのに、今の言語や距離の単位が通じるという時点で理解を超えている。意思をとらえるセンサー説が、あながち冗談でもなくなってきた。

「ブルガリアの五時三十分になりました」

マーガレットがタブレットを見たまま報告してくれる。

「ブルガリアの実験場から連絡ありました。あちらに出現、駆除が終わっています」

こうやって実験場同士で情報網を築き、怪物の出現、移動に関して様々なパターンを研究しているという話だった。失墜したモーリス・ジガーだが、有益な枠組みも残してくれたらしい。

どこまで実験が進んでいるのかわからないけれど、翼も訊いておきたい質問がある。

「命令で、特定の人物を襲わせることもできますか？」

「それを実験することは人権の考え方に違反しています」

マーガレットはにべもない。まあ、政府や警察が関与している実験だから、人道を踏み外す実験が許されないのは仕方がないだろう。

「でも試した国があります」

人道、案外軽かった。

「どこの国かはシークレットです。怪物に名前を聞かせて、狙えと命令しました。何も起こりませんでした。写真を見せて、命令しました。同じでした。標的の、よだれを嗅がせて命令しました。成功しました。髪の毛や爪でもOKでした。たぶんおそらく、DNAが関係しています」

身体の一部を手に入れて、命を狙う。呪いのわら人形を連想した翼は、もしかしたら、そういう呪術的な伝承も牛頭が源流なんだろうかと想像を巡らせた。歴史に名を残している式神使いやシャーマンたちは、実際に牛頭を操作して役割を果たしていたのだろうか。

それはともかく、追加で確認しておきたい。

「標的の指定、時間指定、場所の指定の重ねがけもできるんでしょうか」

「可能であるみたいです」

「標的の指定は、DNAの他に、怪物が現れたとき近くにいる人を指さして『その人を狙え』とかでも通じますか」

「通じるみたいです」

少しずつ、事件の全貌が明らかになってきたようだ。

現在も途切れることなく、世界中で出現している怪物事件。眉原で発生した岩緑篤の射殺事件。雲をつかむような出来事が、手を濡らす雨粒くらいには具体性を帯びてきた。

「迷宮さえあれば、いくらでも怪物は生み出せる。命令権のストックさえあれば、どこへだって送り込んでしまえるし、予約送信みたいな機能も搭載されている……やっぱり今まで世界中に怪物を生み出し続けていたのは、たった一人か、それとも統一された意志を持つグループの仕業では？」

「それが理に適った考え方でしょうな」無言で成り行きを見守っていた輪久井が反応した。「モーリス・ジガーが主張していた、怪物の出現地点周辺に迷宮が密かに建設されていたという仮説は、今のところ該当する施設が一ヵ所も発見されていないことから否定されつつあります。さらに言えば、各地に出現する怪物の体格はほとんど同一です。同じ迷宮から生み出された個体だからこそ、大差ないのだと考えられます」

　黙って眉をひそめていた羊川が輪久井に語りかける。

「これは、思っていたより危険なシステムなのでは？　迷宮構造に関する箝口令を敷いたところで、たった一人でも不心得者が現れたら、凄惨なテロが巻き起こされてしまいます。この前みたいな強力な個体を、ホワイトハウスや原子力発電所にでも送り込まれたら、めちゃくちゃになりますよ」

「絶対安心とは言い切れませんが、明確な対策も存在します」

　輪久井が励ますように告げた。

「そのような重要施設や世界中の高官の周辺に、ストックの持ち主をたった一人でも配備しておけばよいのです。『消えろ』の一言で排除できる」

　確かにそうだ。ビニールハウスの迷宮で生み出された、比較的弱い怪物を駆除して手に入れた命令権が、強力な個体に通用した。要人警護にあたるスタッフに、命令権を所持させておいたら、ある程度の対応は可能だろう。

「偉い人たちや大事な建物はそれでいいとして、一般市民はまだまだ不安が途切れそうにないですね」

「市井の人々を守る方法についても、迅速に検討を開始している国家があると聞いています」

もちろん日本ではありませんよ、と輪久井は断った上で、

「怪物を倒した際に手に入る命令権は、目の前に別の怪物が現れなければ使用できません。つまり、命令権を一つだけ持っている人間は、それだけで社会に悪影響を及ぼす心配はない。怪物に襲われたとき、身を守るために使用するしかないんです」

命令の効果がどれだけ多岐にわたるのか研究が進んだ後であれば、全国民に命令権を与えても問題ない、とその国家では考えているそうだ。アメリカかな？　と翼は邪推する。銃規制への考え方に通じるものがあるように思われたからだ。

「与えるって、どうするつもりなんでしょう。一人一人、猟銃を持たせて引き金を引いてもらうんですか」

銃火器の取り扱いに関する規制外にするとしても、子供やお年寄りにはきつそうだ、と翼は同情する。

「別に猟銃を使う必要はありませんから。例えば食肉工場では、畜産動物を処理するために様々な器具や装置が導入されています。そのノウハウを活用すればいいのです」

「……予防接種みたいになりそう」

翼はシュールな未来を想像する。この実験場のような施設が世界各地に用意され、チケットを手にした市民が続々と訪れる。施設の中には眠らされた怪物が机にでも縛り付けられていて、眉間にレーザー銃のような、一瞬で命を奪う装置が固定されている。市民は皆、起動スイッチを押すだけで、ストックが手に入るのだ。

怪物は、もう滅んでいるのかもしれない。

ふと、そんな感傷が頭をよぎる。怪物は、わからないからこそ怪物なのだ。まだまだ不明点は

多いにせよ、生み出すために必要なものと、現れてからの対処方法が判明した時点で、未知のベールは半分くらい、剝がされてしまった。

岩緑が死んだ後も、モーリス・ジガーの実験が終わってからも、怪物は一定のペースで出現し続けている。けれども、もう謎の怪物とは言えない。

たぶん、迷宮図を完全に隠し通すことは難しいだろう。近い将来、怪物を利用した強盗犯なんてものが現れてもおかしくない。だとしても、それは新しい技術や法則を利用した犯罪というだけで、得体の知れない出来事が進行しているという恐怖を振りまくものではない。

ある意味で、怪物騒動は終結したと言える。これからは、後始末。それは、翼の仕事だ。

翼は自分の中で一番重要だと考えていた質問を口にした。

「指示を与えるだけでもストックは増えますか。例えばマーガレットさんが部下の方に命令して怪物を駆除させた場合、ある意味ではマーガレットさんがトリガーを引いたことになる。その場合、ストックは部下の方に追加されるのか、マーガレットさんにカウントされるのか、それとも両方でしょうか」

「ストックを手に入れるのは部下だけでした」

マーガレットは肩をすくめる。

「まだ全部は検証していませんが、命令するだけでストックは手に入らないです」

帰り道の車内で、翼は怪物現象がもたらすだろう大きな利点について今更ながら思い至った。

「これ、食料問題解決しない？」

さっきまで考えもしなかったアイデアだった。先進国ではコンビニ弁当を大量に廃棄する飽食の日々が繰り返されている一方で、開発途上国では小麦一グラムにさえありつけない子供たちが毎日のように命を落としている。この状況は、単純に生産量の問題ではなく、流通網の貧弱さにも原因があると聞いた覚えがある。ボランティアが国境まで食料の山を抱えてきても、それらを国土の隅々にまで行き渡らせるシステムが整備されていないのだ。

怪物ノウハウは、この難点を解決できる。砂漠地帯でも、孤立した集落でも、迷宮を用意すれば、その中から畜産牛と同じＤＮＡを持った怪物が出現するのだ。迷宮は、適当な廃材やビニールで作ってもいい。その分だけ怪物は弱体化するから、撃ち取るのも簡単だ。しかも何回も迷宮を作り直したら、その都度怪物は発生する。食用肉に限れば、今後、飢える心配はない。食べ放題なのだ。

「あー、でも酪農家は大ダメージかなあ？　眉原の従事者数はそんなに多くないけど」

「どうでしょう」羊川の反応は芳しくなかった。「怪物が無から生み出されているとは思えません。もしかしたら、出現する度に世界のどこかで畜産牛が行方不明になっているのかもしれませんよ」

ああ、と翼は上を向いた。世界中で毎日一匹程度のペースだから発覚していないだけで、量産を繰り返したら、具体的な数字が明らかになるとも考えられる。

「牛そのものじゃないとしても、牧草とかカルシウムとか、そういう素材が消費されてる可能性もある……」

「いずれにしても、どこからともなく怪物が現れる仕組みが解明されなければ、飢餓地域への援助にさえ活用できないでしょうね」

羊川がとどめを刺した。

背に腹は替えられないということわざもあるけれど、人権という言葉もある。食料に事欠いている人たちだからといって、わけのわからない食材を与えて良いはずがないのだ。

「もし出現のメカニズムが明らかになり、安全性が保証されたとしても、市民がこんな食材を受け入れるかという疑問があります。遺伝子組み換え作物だって、どれだけ反対運動が持ち上がったか、市長もご存じでしょう？　怪物の肉なんて、店先に並べて歓迎されるかどうか」

言われてみれば当然だ。

「さらに言えば、怪物の出現回数にも限度があり、ある日突然、迷宮を用意しても何事も起こらなくなってしまう可能性も否定できません。永倉博士の仮説を信じるなら、そう考える方が論理的だとさえ言えます」

「わかった、わかりましたよ。このアイデアはなし」

酪農家は安泰だとポジティブにとらえておくしかない。

その日は市長室で溜まっていた決裁を済ませ、二件あった新聞記者のインタビューに応じると、二十時を回っていた。

「たまには、これくらいで切り上げようか」

居残っていた職員たちを帰らせ、翼はショッピングモールへ足を向けた。羊川を誘って、眉原ギャラリーへ向かう。休憩スペースのソファーに腰を落ち着け、カフェのほうじ茶を堪能した。

小学生の絵は、今日が展示最終日だったため、すでに撤去されている。大理石の壁面がやけに寂しい。この場所で、羊川と並んでお茶をするするのは何回目だったろう？　翼は記憶をたぐる。毎週ではないし、毎月でもない。当選してからの二年で、十回くらいだろうか。田舎のモールだから、すでに半分以上の店舗が終業している。近くのカフェだけが最も遅い二十一時半までの営業で、残業帰りの市役所職員を標的にしているようだ。さっき覗いたとき、誰も入っていなかったけれど。

吹き抜けを通るエスカレーターもずっと無人だった。

いつもと違うことをしたくなった翼は、ソファーから立ち上がり、吹き抜けに近い位置にあるガチャガチャコーナーに足を向けた。今は一回五百円もするんだ、と驚きながら、目当てのガチャガチャに硬貨を差し込んだ。

ソファーに戻ってみると、羊川の姿がない。腰掛けて待っていると、カフェの中から出てきた。追加でなにか注文したらしい。手のひらに収まるくらい小さな再生紙の箱を、両手に持っていた。

「コロナ禍の数少ないプラスは、テイクアウトを進化させてくれたことですね」

どうぞ、と差し出された箱を開けると、サイコロのような抹茶アイスが入っていた。

どうも、と口に放り込む。抹茶系のスイーツには珍しく、苦みが消えていない。素直なバニラの味わいと溶け合って、残業の舌に優しい甘さを届けてくれる。

「市長は、何をしてたんですか」

これ、と言って翼はケースから取り出したばかりのビニールフィギュアを見せた。有名な造形師が原型をデザインしたというアオズムカデ。

「羊川さん、うりゃー」

端っこをつかんで羊川の顔に近づけたけれど、眉一つ動かさない。

「……リアクションが残念」

「作り物だってわかってますから」

「うりゃー」

くやしいので肩にくっつけて腕の近くまで這（は）い回らせる。

「やめてください」

やめない。

「羊川さん、りゃー」

「りゃーってなんですか」

ようやく私設秘書は微笑んだ。「どうされたんです？　今日の市長、おかしいですよ」

「私はいつだっておかしいよ」

翼も笑った。

あいかわらず周辺は人気(ひとけ)が絶えている。

政治家としてどうかと思われるかもしれないが、翼はこういう風景が好きだ。本来、人が集まっているべき光景の中に視線を巡らせるとき、まるで周囲を支配しているような安心感に包まれる。これまでの人生で、挫折を幾度か経験してきた翼だけれど、この感覚が消えない限り、何が起ころうが平気でいられる気がした。

小さなアイスは、すぐに食べ終えてしまった。

「羊川さん、ごちそうさまでした」

「別にお礼を言われるほどでは」

私設秘書はリラックスした眉の形で、吹き抜けの方を眺めている。

翼は自分自身を、戸惑ったり立ち止まったりすることが少ない性分だと認識している。それでも、躊躇(ちゅうちょ)はゼロじゃない。一言発するために、勇気が必要な場面もある。

今日はやめようか。後回しにしようか。

夜のショッピングモールに漂うアンバランスな空気が決断を迫ってくるかのようだ。

それは、決然とした判断ではなく、何かの境界線上に留(とど)まっているボールを軽くつつくような、数グラム程度の意志だった。

翼は私設秘書の方へ頭を傾けた。

「自首しよっか」

「はいはい、なんですか」

「羊川さん」

夏目(なつめ)漱石(そうせき)の小説だったと思う。考えごとをしていた女性の首筋を、帯上げ(おび)で撫でまわしてからかったという一文があった。このとき羊川の顔は、そんな悪戯(いたずら)をされたみたいに軽く揺れていた。

「自首をしろ、と仰(おっしゃ)るのは」

しかしすぐさま落ち着きを取り戻し、翼を直視してきた。

「岩緑議員を本物の怪物に見せかけて、射殺されるよう仕向けた件に関してですか」

「ほかにもやっちゃったの？」

追及すると、いいえ、と切り返された。

「私の仕業だって、どうして思ったんですか」

「否定しないの？」

「違うと言い張るより、教えて欲しい気分なんです」

夏休みが終わった夕方みたいな寂しさを覚えながら、翼は言葉を探した。

「おさらいになるけど、不思議で仕方がなかったのは、岩緑さんがあんなややこしい方法で殺されたのはどうしてなのかって点だった」

着ぐるみの下から現れた死に顔を翼は思い出す。

「誰かが岩緑さんを邪魔者だと見なす。殺してしまおうって決める。ここまではわかるけど、そのやり方として、着ぐるみを被(かぶ)せて射殺してもらおうっていうのはびっくりするくらい回りくどい。怪物が現れるタイミングを待って着ぐるみを用意していたとしても、この眉原に出現するとは限らないし、出現しても、その近くに岩緑さんがいる状況で、清城さんみたいに猟銃を持っている人がいなければ意味がない」

　この数日間で体験したあれこれが、翼の中で走馬灯のように甦(よみがえ)った。隣にはずっと羊川がいてくれた。その羊川を糾弾しているのだ。

「だから輪久井さんも私たちも、怪物を操作するか、行動を予測できる『怪物ノウハウ』が存在するんじゃないかって考えた。その推測は正しかった。迷宮を作ることで出現する怪物は、駆除した数に応じて命令に従わせることもできる」

　説明を続けながら、翼は羊川の落ち着き払った態度に感心していた。逃げたり、弁明したりする気持ちはまるで持っていないみたいだ。覚悟しているのだろうか。開き直っているのだろうか。

「でも、怪物を操れるとしても、それはそれで疑問が増えてしまう。怪物ノウハウを駆使すれば、着ぐるみなんて使うよりずっと楽に岩緑さんを始末できたはずだよね。怪物は、命令することで出現する地点、時刻を設定できる。DNAが含まれた髪の毛なんかを使ったら、標的だって指定できる。そして岩緑さんは市議会議員だから、スケジュールはある程度予測可能。だったら、『十時十分に市議会のこの地点に出現してこの人間を襲え』という命令を与えたら簡単に終わるはず。少なくとも、誤射されることを期待する方法よりよっぽど確率は高いし、事前準備だけで、何一つ手を下さなくてもいい。それなのに犯人は、あんなにややこしい着ぐるみ作戦を実行した」

　翼はからになったアイスの容器をくしゃくしゃに畳んで、近くのゴミ箱に投げ捨てた。

　お行儀が悪いですよ、と羊川が呟(つぶや)いた。怒られるのも、これが最後だからね、と翼はうつむく。

「話を続けるよ。着ぐるみを被せて射殺されるのを期待するというやり方は偶然に頼りすぎている。実際に手順を思い浮かべてみるとわかるよね。

　第一に、岩緑さんを上手(うま)く言いくるめて睡眠薬を飲ませる。

第二に、意識を失った岩緑さんをどこかに隠しておく。

第三に、着ぐるみを被せて、射殺されるようなシチュエーションをお膳立てする――この全工程を、誰にも見とがめられることなく終わらせなくちゃいけない」

不可能とは言えない。自分を襲わないよう怪物に命令しておけば、人々が怪物から逃げ回っている間、一人だけ安全圏で行動できる。隠しておいた岩緑を、議長席の下に運ぶことも可能だろう。岩緑が眠ったままでも、清城や警察が見つけたら、銃弾を撃ち込んでいたはずだ。

ただし、絶対確実ではない。ギャンブル的な要素が含まれている。怪物ノウハウを活用するなら、もっと確実な殺害方法がある。

「もしかしたら、着ぐるみ作戦はセカンドプランだったのかもしれないって私は考えた。やっぱり犯人は、怪物を操って岩緑さんを襲わせるつもりだった。ところがこの方法を断念せざるを得ない事実が判明したから、着ぐるみ作戦にシフトするしかなかった」

「時間をかけて、計画を立て直せばよかったのでは？」

他人事(ひとごと)のように、羊川が差し込んできた。

「不確定要素が散見される着ぐるみ作戦を決行したのはどうしてでしょう」

「たぶん、すぐにでも口を封じる必要があったからじゃないかな。市議会が始まる直前の面談で、岩緑さんは、重要な事実を披露するつもりだと予告してくれた。それを犯人は阻止したかった。やっぱり、岩緑さんは怪物ノウハウを把握していて、それを公表するつもりだったんじゃないかって思うんだよ」

「次善の策だったからこそ、不備があったというわけですか」羊川は生徒を採点する教師のような穏やかな声を出す。「誤殺される直前、岩緑さんは意識を取り戻して起き上がっている。それも不完全な計画だったからこそ、睡眠剤の分量に手落ちがあったとも解釈できますね」

「じゃあ、着ぐるみ作戦に移行せざるを得なくなったきっかけはどういうものだろう？　それを考える前に、前提にしなきゃならない事実がある。岩緑さんは、怪物に命令を与えるためのストックを所持していなかったってこと」

言葉を吐きながら、翼は核心へ近づきつつあると感じていた。信頼していた秘書が、間接的にとは言え誰かを殺めた話の核心だ。

「この一年以上、岩緑さんは入院生活を送っている。そんな岩緑さんが、こっそり別荘跡地の迷宮を再現した上で、怪物を生み出し、命令権を確保しているというのはさすがに無理がある。だから岩緑さんが怪物ノウハウを理解していたとしても、彼自身ではなく、誰かに指示を与えて実験を繰り返した結果だった。それでも一度や二度くらいなら現場を訪れたかもしれないけれど、少なくとも犯人はストックを『持っていない』と判定していたし、そう考えるのが自然な状況だった。駆除担当に指示を与えるだけなら、ストックは手に入らないしね」

「なるほど、実験施設で最後にされた質問ですね」

羊川はうっすら笑みを浮かべながら拍手してくれる。間違っていないので、そのまま急所を突いてくださいと待ってくれているみたいだ。

「前提を加えた上で、あの日の出来事を振り返ってみるね。以前から岩緑さんの殺害計画を立てていた犯人は、彼がその日の議会で、重要な情報を公表するつもりでいることを知った。それを阻止するために、殺害プランを実行に移すしかないって決意したけれど、直前に知ったある事実のせいで、怪物をけしかける方法は断念するほかなかった」

ある事実とはなにか。それがわかった途端、怪物が役に立たなくなる情報は一つしかない。

「永倉博士のレクチャーに、図南星鍵の新聞記事。モーリス・ジガーの動画と、今日の実験……色々教えてもらった結果、怪物ノウハウの概要が見えてきたよね。迷宮を用意するだけで怪物を生み出し、駆除した怪物の数だけ命令を与えることができるこのシステムは、犯罪起こし放題、国家へ嫌がらせし放題のとんでもない武器に思われなくもないけれど、でっかい弱点も隠されている。それは、命令権のストックがたった一つあるだけで対抗できること」

モーリス・ジガーが丁寧に作り上げた迷宮は、従来の個体と比べて桁違いに殺傷力の高い怪物を生み出した。対戦車兵器も通用しない『怪獣』は、しかし、永倉博士のたった一言で消滅した。

翼は想像する。この仕組みを生み出した存在は、人類が怪物ノウハウに頼りきりになる状況を危惧して、あえて安全装置を残したのかもしれない。

「今回の事件に当てはめると、市議会のロケーションを利用して誰かを殺害しようと計画する場合、議場の中に、たった一人でも命令権のストックを持っている人間がまじっていたなら、プランは台無しになってしまう。どれだけ命令を使って強化した怪物も、『消えろ！』の一言で退場してしまうからね」

永倉博士の説明を参考にする限り、命令を発する人間は仕組みを理解している必要がない。何も知らないストック所有者が「あっちいけ」とか「来るな！」とか「出ていけ！」と叫ぶ展開は充分に予想できる。それだけで、標的は生還してしまう。

「つまり犯人は、市議会の中に、ストックの持ち主がいることを知った。だから怪物に襲わせるプランから、着ぐるみ作戦に変更した」

「ストックの持ち主……それはどなたですか？」

白々しく羊川は訊いてくる。

「清城さんだよ」

わかっているのは承知の上で、翼も答えた。

「厳密に言うと、持っている、じゃなくて、持っている可能性があるってだけのレベルだけど。

朝一の面談で、ついでの打診があったでしょう？　日本で最初に怪物をやっつけた福島の猟師さんは清城さんの知り合いで、お金に困っているから銃弾を送ってあげたって」

「銃弾を援助することが、ストックの入手につながりますか？」

「それは実験しないとわからない。でも、猟銃で怪物を駆除した人間は、命令権を手に入れていない？　冷静に考えてみたらさ、どこまでがその人による『駆除』に該当するか範囲の測定が難しくなるだろうけど、自分の手足で殴り殺したり絞め殺したりできたなら、それは確実にその人のストックになるだろうけど、ナイフで刺し殺した場合はどうなるんだろう。近くに研ぎ職人がいて、その人が直前に仕上げたナイフを受け取った場合、研ぎ職人さんにもストックが入るのかな。射殺する場合、装塡を手伝ってあげたアシスタントは対象になるんだろうか？　それがＯＫなら、銃弾を送ってあげた清城さんだって対象になっておかしくない。おそらく犯人は、指示のみではストックは入手できないと検証済みだったかもしれないけれど、武器や弾薬を提供することがカウントされるのかどうかまでは確認していなかった」

　実際のところは、怪物の前で清城さんに命令してもらわないとわからない。でも清城さんの座席は、岩緑さんの真横。怪物に命令を与えて岩緑さんを狙わせた場合、自分が襲われると思った清城さんが、『来るな』とか命令するだけで計画が狂ってしまう。きっと、犯人も迷った。銃弾を貸しただけでストックは増えるのか、そこまで甘い判定ではないのか？　迷った結果、着ぐるみ作戦の方が確実だって判断した」

　政治家になるのも悪いことばかりじゃないね、と翼ははにかんだ。これだけまくしたてても、声が嗄れていない。

「ではでは、論点をまとめさせていただきます。怪物ノウハウをある程度把握した上で振り返ると、被害者に着ぐるみを被せて誤射を誘うという殺害プランは不完全なものと思われました。この計画は、どうして実行されてしまったのか。最初は怪物に殺害させる予定だったはずが、直前でプランを切り替えざるを得なくなったからです。どうして切り替えたのか？　市議会に出席する清城議員が怪物に命令する権利を持っている可能性が出てきたため、怪物に任せるわけにはいかなくなったから――というのが、私の想像した経緯でした。ここまでの推測を基にして、犯人がどのような人物なのかを描き出してみましょう。

第一に、早い段階で図南星鍵の関連史料から怪物ノウハウを把握できた可能性がある人物。

第二に、岩緑篤議員と密接な関係にあり、彼の動向を把握したり、だまして睡眠薬を服用させたりすることができる人物。

第三に、清城議員が福島の友人に銃弾を送ったという情報を知ったため、不完全なセカンドプランに切り替えざるを得なかった人物。

第四に、用意しておいた着ぐるみを、プラン変更を決意した段階ですぐに調達できる人物。

羊川葉月さん、あなたは全ての条件に当てはまります。

第一の条件ですが、あなたは郷土史料館に保管されていた図南星鍵に関連する文書類が行方不明になった際、永倉博士からクレームを受けたと教えてくれました。その際、史料に興味を持ったと考えられます。

第二の条件ですが、あなたは長年、岩緑議員の秘書を務めてこられました。ジュースやペットボトルを差し出したなら、何の疑いもなく受け取ってくれることでしょう。

第三の条件ですが、清城議員が銃弾の話を教えてくれた二月五日八時の面談に、あなたも同席しています。

第四の条件ですが、あなたは議会や市役所と隣接した位置にあるマンションに住んでいます。部屋の中に着ぐるみを保管していたなら、調達してくるのもわけはないでしょう。

私の一番近くにいる人が、条件をクリアしていた。市長として、あなたのボスとして、問いたださずにはいられません。反論はありますか？」

本当は、反論して欲しかった。

完璧なロジックで、粉々に粉砕してもらいたかった。

「ありません」

けれども私設秘書は、ただ、敗北を認めただけだった。


翼はソファーの隅からムカデを取り上げる。ゴムの手触りが気持ちいい。こういうとき、喫煙者なら煙に頼るのだろう。重い空気を、ムカデでごまかすのは無理がある。訊くしかなかった。

「どうしてなの、羊川さん」

「どうしてでしょう？　色々心が揺れ動いたあげくに決断したことですから、上手く説明できるかどうか……」

羊川は何度も首を振った。綺麗にセットされている前髪が乱れた。

「あなたを二期、三期と当選させ続けるための妙案を模索していた私のところへ、古巣の岩緑さんから連絡があったんです。郷土史料館から手に入れた文書を見て、図南星鍵の別荘を町おこしに活用できないかと企画した。議会や市役所に根回しする前に、どれくらいのポテンシャルがあるか確認して欲しい、と。当時の岩緑さんは消化器の不調が現れ始めた時期で、ここで恩を売っておけば、後々利用できるかもと考えた私は、独断で別荘跡の調査を始めました」

「なんで私に教えてくれなかったの」

「岩緑さんが、郷土史料館の文書を私物化していたことが問題になりかねないと思ったからです。マスコミに追及された場合、あなたに泥をかぶせたくはなかった」

さらりと羊川は言う。

「調査に着手した時点で、別荘跡地は荒れ果てた状態でした。土台や漆喰壁の一部は残存していましたから、修復は可能と思われましたが、その前に確認したかったのが、観光用の目玉になるだろう迷宮の構造でした。およそ百年前の、個人の嗜好を反映した建物ですから、建築基準法に合致しない部分もあるでしょうし、幅が狭すぎるとバリアフリーにもそぐいません。むやみに遺構を傷つけたくなかったので、この前あなたが試みたように、漆喰壁や基礎部分から壁の位置取りを読み取って、構造を再現しようとしたんです」

「そんな大掛かりなことを、私の秘書をやりながらよくもまあ……」

今更ながら、羊川の体調が心配になった翼だったが、

「たいした労力でもありません。岩緑さんから、傘下にある資材倉庫と、関連企業の日雇いアルバイト数人を提供してもらいましたから。空の倉庫へ、天井に届くサイズの段ボールや厚紙を運び込んでもらう。後は、それらを迷宮の形に並べるだけです。半日程度でおおまかな形を作り上げ、バリアフリー等に対応できそうなら、プロの建築家に引き継ぐ予定でした」

話を中断して、羊川は溜息を吐いた。

「今思えば、それが運命の分岐点でした。私はアルバイトの人たちに、作業の全体図を説明しなかった。あまり岩緑さんに借りを作りたくもなかったものですから、ある程度資材が集まった時点で彼らを帰してしまったんです。だから、迷宮が完成したとき、その場には私一人でした」

つまり、ろくに事情を伝えられていなかったアルバイトたちは、将来の脅威になり得なかった。後でモーリス・ジガーの動画を見ても、同じものを作らされていたとは気づかなかったのだろう。

「そして、怪物が出現しました。これまでの人生で、あれほど驚いた経験はありません」

「よく無事だったねえ」

博士と違って猟銃なんて持っていなかったろうに、と翼は思ったが、

「そっか。段ボールの迷宮だから、怪物も弱かったんだ」

「ええ、子供の背丈程度の脆弱な個体でした。周辺は人気のない倉庫なので、護身用にスタンガンを持参していたのですが、軽く通電しただけで絶命したくらいです」

ビニールハウスに壁面材を組み合わせて再現したという永倉博士の迷宮よりも、さらに一段劣る怪物が生み出されたわけだ。

「幻覚を見たわけではないと納得するのに一ヶ月はかかりました。けれども実験を繰り返した結果、積み上がっていった怪物の死骸は、紛れもなく現実だった……ちなみに死骸の始末には、永倉博士が仰っていたのと同じ、鹿用の焼却炉を活用しました。あれ、本当に便利ですね。もっと危ない用途にも活用できそうです」

一瞬目をつむった羊川の額に、皺が寄っている。

「実験を重ね、私は迷宮を完成させることが怪物を生み出す仕組みになっているのだと理解しました。駆除した数だけ命令のストックが溜まっていくことに気づいた経緯も大体永倉博士と同じですね。私の場合、命の危機は感じませんでしたが、ふと漏らした一言に、怪物が従うような行動を取ったことに気づいたんです……ある程度、現象を把握した後で、一部始終を岩緑議員に報告しました。怪物を生み出す迷宮、というだけでも世紀の大発見ですから、すぐにあなたにも伝えて、大々的に公表するつもりでした。ところが事態を把握した岩緑さんは、迷宮のサイズや素材をオリジナルに近づけるよう指定した上で、別の利用方法を提案されたんです」

「あの論文だね？」

冷え冷えとした文字列を、翼は思い出す。

アメリカがイラク侵攻で活用したＰＭＣや、ロシアの悪名高いワグネルのような私兵ビジネスは、これまで日本においては成立する余地がないと考えられてきた。だが前代未聞かつ未曾有の脅威が発生した場合、国民は軍事・警察力の強化を希求するようになり、憲法改正も現実的な視野に入ってくるだろう。

　幸いにして、この脅威にはコントロール方法が存在する。必要に応じて脅威を誘導、修正することで、一層の改革推進をはかっていくべきだろう。

「あの計画は、黒い太陽でした。蠱惑的な美酒でした」

　気づいているのかいないのか、羊川の瞳は若干の熱に浮かされているようだ。

「眉原の政治を変えることなんて不可能だろうと諦めかけていた私は、未知の暴力を利用して合法的な暴力を手に入れるという壮大さに魅入られてしまったんです。もはや警察に、国内で発生する犯罪全てを取り締まる力は備わっていない。彼らを補完するような形で少しずつ発展させた軍事企業を、我が国第三の暴力装置として定着させる。その舵取りを、私たちが担うことが可能なら、腐敗にも、無気力にも、刃を突きつけて改善を強いることさえ叶うかもしれない……今思い返すとあまりに逸脱した発想ですが、私は、夢を見てしまった」

「それって、民主主義なの？　羊川さんが願ってた理想の眉原なの」

　翼が疑問を突きつけると、羊川は刺されたように表情を凍らせた。

「わかりません。何が正しいのか、正しくないのか区別が付かなくなってしまったんです」

　現状維持が恐ろしかったんです、と羊川は言う。

「このまま、眉原が変わらないまま、あなたを手助けするやりがいや忙しさにかまけて志を失ってしまうのが怖かった。変えたかった。嵐でも、暴力でも、一度ぐちゃぐちゃにしたら新しい何かが芽生えてくると信じたかった。清く正しい秘書の役割を全うしながら、裏側では怪物を生み出し、世界中に不安をばらまき続ける計画でした。民間軍事企業が合法化されたとき、その担い手となるだろう岩緑議員の弱みを握っておくことによって、影響力を行使する心づもりでした。あなたの意志を、そこに反映させる予定でした。私たちが正しいと信じる地道な政策を実現させるために、くだらないしがらみを排除できる力とつながっておきたかったんです」

うなだれる秘書を前に、翼には確認しなければならない事柄があった。

「仲間は何人集めたの。羊川さんが怪物ノウハウを発見して、岩緑さんが悪用を思いついた。それ以外に、計画に賛成した人は誰？　副党首の増子さんも知ってるの」

「増子さんは何もご存じありません」

羊川は顔を上げて、こちらをまっすぐ見つめた。嘘はないと示したいのだろう。

「私と、岩緑さんだけ……岩緑さんは入院されていましたから、彼の指示を受けて、基本的には私一人で動きました」

たった二人。世界中を騒がせた怪物騒動は首謀者どころか参加者が二人だけ……

信じられない話だが、そうだと聞かされると、翼にも納得はできる。これは輪久井も指摘していた話だが、これまで毎日のように出現していた怪物は、容姿や身長に、ほとんど個体差が見られなかった。怪物のスペックは、それを生み出した迷宮の堅牢さに左右される。モーリス・ジガーの実験が明らかにしてくれた情報だ。つまり、似たような怪物が出現を繰り返しているという事実は、それらが同じ迷宮で発生したことを示している。

「資材倉庫の実験で、壁や屋根の材質を強化するほど、怪物の脅威度もアップする点は把握済みでした。まさか、対戦車兵器が通用しないレベルにまで強化できるとは知りませんでしたけど」

羊川は苦笑いを漏らした。「試行錯誤を繰り返して、目的に合致する強さの怪物を作り出し、いよいよ全世界にばらまく作業を開始したのです」

　これも、教わってから合点がいく話だ。日本において民間軍事企業を設立可能にすることが目的だと考えるなら、怪物のスペックは強すぎない方がいい。

「じゃあ実行は、羊川さんが一人で請け負っていたわけ？」

「全部、私が担当しました」誇るようにあごを反らす。「岩緑さんに手配してもらった資材を組み合わせて、迷宮を完成させる。直後に発生した怪物を猟銃で撃ち殺す。この作業を繰り返して、ある程度のストックを保有した以降は、猟銃を使用しないで命令を与える。地図を眺めながら、なるべく公平に見えるように、マスコミの注目度も計算した上で、何月何日何時にこの場所に出現せよと指示を与え続けたのです」

「まだ終わってないんだよね。『予約』は」

「不慮のアクシデントで迷宮を使用できなくなる可能性も考慮して、ゆうに二百件は予定を残してあります」

　怪物は弱い。銃弾一発で駆除できる。

　それでもなお、出現地点が銃社会でない場合や、老人や子供が近くにいたケースでは、多大な被害が発生するはずだ。事実、重傷者も死傷者もゼロではない。

「こんなの、総合民営化主義でさえないよ」

　翼は根拠もなく言い切った。「今でも信じられないよ。一応は、法律を守る真面目な政治家だったはずの岩緑さんが、こんな陰謀を思いつくなんてさあ。それはまあ、私も頭かちかちじゃないつもりだから、場合によっては、権力者がそういう力を手に入れることもアリだと思ってるよ？　でも、その方法が自作自演なんて、小狡（こずる）くない？　大勢の人に迷惑をかけてまで許されることかな？」

「焦っていたのでしょうね」

羊川は祈るように目を伏せた。

「当時の岩緑さんは、胃がんの治療が成功しないのではないかと悲観的になっておられました。きっと生きている間に、自分の力で世の中を変えたかったんでしょう」

様々な事実や感情の動きを知らされていく内に、最初の疑問へ戻ってきた。

「どうして岩緑さんを殺したの」

「期待外れだったからですよ」

再びこちらを向いた瞳は、死者を見下すように濁って見えた。

「あの人、途中で計画を断念して怪物ノウハウを公表するって言い出したんです。もちろん、自分たちが怪物を生み出していたなんて認めるつもりはなく、図南星鍵の別荘跡地を調べているうちに、怪物が発生することを偶然知った、とだけ触れ回るつもりでした」

「もっと最悪なマッチポンプだ」

功績をアピールすれば、政治家として相当なランクアップが期待できる情報であることは間違いないけれど、当初の目標に比べると安直だ。

「計画にほころびが生じたから、というのが岩緑さんの言い訳でした。実験を重ねた結果、命令権のストックは、たった一つ持っているだけで怪物に対抗できると明らかになった。つまり怪物ノウハウは、ちょっとしたきっかけで解明されてしまう可能性が高い。以前から迷宮を研究しているらしい永倉博士も、詳細をつかんでいるとも考えられる。明日(あした)にでも公表されるかもしれないから、怪物の脅威を前提に、民間軍事企業の設立を計画するのは難しい、と言い出したんです」

「理屈としては間違ってないけど、そもそもそういうリスクを承知で始めた計画じゃないの」

「ですから、言い訳なんです。本当のところは、胃がんが完治する目処がついたせいだと思います。破滅を予感していたからこそ、大胆な計画に踏み出した。命が助かりそうだとわかって、保守的というか、冒険がおっくうになったんでしょう。さらにひそかにしたためていた論文が、清城陣営に漏洩した可能性があると発覚したことも弱気を誘ったみたいですね」

「勝手な話だね」

「その時点で完全に見切りをつけました。岩緑にも、彼の計画にも」羊川はソファーに爪を這わせる。「いずれ怪物ノウハウが明るみに出てしまうなら、この怪物騒動を終結させた栄誉は、岩緑篤などではなく、利根川さん、あなたに差し上げたかった。世界的な名声を得れば、眉原における影響力は不動のものとなる……」

　翼はこの数日の達成感が台無しになるような失望に襲われていた。

「……私は私なりに頑張って怪物ノウハウに近づいたつもりだったけど、誘導されてたのか」

「最初はそうするつもりでしたとも」こちらの認識を訂正したいのか、羊川は早口になった。

「ですが、手助けするまでもなく、あなたは正解へたどり着いた。永倉博士を説き伏せ、事態を収拾した手腕は、紛れもなくあなた自身のものでしたよ」

　そう言われて振り返ってみると、操作されていた場面は思い浮かばない。

「それでもなお、あなたを過小評価していたようですね。私の仕業だと看破されるとまでは予想していなかった」

　後悔はしていませんけれど、と羊川は言い切った。

「岩緑の計画こそ頓挫しましたが、怪物騒動自体は、利根川さんが名声を手に入れるための舞台装置として存分に機能してくれました。その点において、彼を排除したことは間違いではありませんでした」

「ようするに、私のためだった？」

「あなたのため、ではありません。どうか勘違いしないで」

羊川の言葉には、安易な共感や理解を拒絶する響きがまざっていた。

「私が正しいと思う世の中の形、それを作り上げるためにやったことです。あなたはその仕組みの一部に過ぎません」

その仕組みのために、怪物をばらまき、かつてのボスを死に追いやったのか。

「それから先は、ほぼほぼ市長の仰ったストーリー通りですが、細部は異なっているので説明させてください。あの日、岩緑さんが怪物ノウハウを公表する予定でいることは数日前に本人から聴かされていましたから、前日に呼び出した怪物に、指定した時刻に議会へ現れ、彼を狙うよう命令を下しました。出現地点は、本来なら岩緑さんの座席正面に指定したかったところですが、代表質問のタイミングによってはその場所にいない確率も高い。そこで議場の中央を出現ポイントに設定していたんです」

「ちょっと待って、私危なかったじゃん」

今更ながら翼は気づく。

「安全でしたよ。あのとき、私が命令したじゃないですか。『その人に手を出すなっ』って」

「あああーっ、あれ、怪物への命令だったの」

覚えている。翼が控え室へ逃れる直前に、羊川が叫んでくれた。ああいう言い方でも効果はあるわけだ。

「話を戻しますが、あの日の朝の面談で清城議員も命令権を保有している可能性に思い至った私は、計画の変更を余儀なくされました。出現後、怪物は岩緑さんを狙うよう命令されている。しかし隣の座席にいる清城さんのリアクション次第では、怪物は岩緑さんを襲わず、最悪の場合、口封じに失敗してしまう。とりあえず私は、議場へ行く途中の岩緑さんに声をかけました。大変な発表をする直前ということで緊張していた岩緑さんは、簡単に言いくるめられて睡眠剤入りのコーヒーに口をつけてしまった」

「さっきも言ったけど、よく誰にも見とがめられずに処理できたもんだよ」

「意識を失った岩緑さんを、議場に一番近いユニバーサルトイレに放り込み、内部から施錠してから扉を乗り越えて脱出する。それから何事もなかったふりをして市議会の開催を待っていれば、怪物が岩緑さんを殺害してくれる予定でした」

翼の推測と違う。

「怪物の着ぐるみは？　議場へ持ってきたんじゃなかったの」

「当初、着ぐるみは必要ないし、移動させなくてもいいと考えていたんです」

羊川の説明は、予想外なものだった。

「怪物には、岩緑さんの髪の毛を嗅がせていましたからね。議場に出現した怪物は、その場にいない岩緑さんを探しに向かい、近くのトイレにいることを嗅ぎ当てて始末してくれるだろうと私は期待していたんです。でも、怪物の追跡機能は、それほど高性能ではなかった」

翼は想像する。これも、異星人の安全装置だろうか？

「市長が市役所の方へ引き返したとき、実は、私も後を追いかけていたんです。怪物が、確実に岩緑さんを殺めてくれるか確認したかった。監視カメラの配置は頭に叩き込んでいましたし、職員さんたちは避難済み。怪物に出くわしても命令のストックが残っていたので安全です。あなたに見つかっても『心配だったから』と言い訳できますからね。ところが怪物ときたら、標的を探し当てるどころか、見つけられないまま外へ飛び出してしまった。私が気づいたとき、すでに警察が怪物をロックオンした状態でしたから、近づいて命令を追加するのも難しかった」

「なるほど、それで着ぐるみを使ったんだ」
「そういうわけです。意識を取り戻した場合、岩緑さんは私を確実に疑うでしょう。怪物が射殺されてしまった後でも、彼を始末するしか選択肢は残されていなかった。けれども、直接手を下した場合、何らかの証拠が残ってしまうおそれがあった。突発的に決意した殺人ですから、何かと不備が出てくる可能性もある。そこで以前に殺害方法の一つとして検討していた、着ぐるみを使うことにしたんです」

セカンドプランどころか、サード以下の選択肢だったのか。

「市長が推測された通り、着ぐるみは私の自宅に保管してありました。これを持ってユニバーサルトイレへ戻り、念のためテープで口を封じてから着ぐるみを被せる。議場へ持って行ったのは、いくらなんでも怪物がユニバーサルトイレを使用するのは不自然だからです。監視カメラを避けつつ、控え室のルートを使わずに議場へ向かうこの行程が、最もスリリングでした」
「清城さんに岩緑さんを射殺させるよう仕向けたのは？」
「あれは計画外でした。本来は、寝転んでいる着ぐるみを見つけた警官隊にでも始末してもらう予定でした。まさか清流会党首自ら銃を担いでくるなんて、予想できませんよ」

羊川は迷惑そうに目を細める。

実際の流れを確認してみると、推測とは違う部分も明らかになってきた。やっぱり想像だけじゃわからないこともあるんだなと翼は思う。

「他に訊きたいことはありますか」
「ないよ。だから繰り返させてもらうね。自首しなよ」
「逃げるつもりはありませんよ」

すぐに１１０番します、と私設秘書は約束してくれた。

「何言ってんの。私だけ居座り続けたら、ニュースのお約束になっちゃうじゃん。『秘書が全てやったことで、私には関わりがございません』ってやつ」

「利根川さんが、そこまでする必要はありますか？」

しかし翼の言葉に表情を曇らせる。

「諦めてくれて、ありがとう。私も辞表を書くよ」

「実際にそうじゃないですか」

「まあね。でも、気づいてあげられなかった私も悪いって理屈もある」

「やさしすぎませんか」褒めながら、羊川は怒っている。「密かに私が怪物を用意していた時期に、市長が指示も連絡もしていないことを公表すれば、無関係であることは証明できるはずです。警察にもそう証言して差し上げます」

「そうしてもらえると助かる。でも、私の無実が完璧になっても、辞めるつもりだよ」

「どうしてです？」

「いくら私が未熟な政治家でも、羊川さんの変化に気づかなかった責任が帳消しになるわけじゃない。それなのに、あなた一人で終わらせるのは間違っている……それに」

以前も重要な局面で頭をよぎった指針を、翼は堂々と口にする。

「そんなの、ロックじゃないから」

ロックが何なのかは知らないけどね、と白状すると、私設秘書は力が抜けたように肩を落とし、少女のように笑った。二年ちょっとの間、目にしたことのない笑い方だった。

「自首しますよ。輪久井さんに連絡すればいいでしょうかね。ご迷惑もおかけしましたし、顔を立てる意味で」

羊川はスマホを取り出しながら、

「その前に、一つだけお願いを聞いてもらえますか」

「十万円以内なら」

「そんなにかかりません。最後に、市長のベースを聴いてお別れしたいんです」

市長室へ戻り、置いたままだったベースケースを担いだ翼は、私の音楽、そこまで好きだったかな、と首を傾げる。羊川との付き合いで、音楽の好みについて話題に上った記憶がない。嫌な予感がする。

急いでモールに戻ると、私設秘書は吹き抜けの手すりの上に立っていた。

「だめでしょ、それはナシでしょう」

自首を勧めるのは、もっと早い時間を選ぶべきだったと翼は悔やむ。吹き抜けの周辺も、下の階にも人影が見当たらない。近くのカフェにはまだ店員がいるはずだけれど、大声を張り上げた瞬間、羊川の足は手すりを離れてしまうだろう。

直方体を横に倒した形状の手すりは、幅が三十センチはあり安定感はあるものの、両足が震えている。

「ご安心を、あなたの関与を否定する材料は、すでにまとめてあります。最初から準備していたんです」

「何も安心できない」

「これでいいんです。この終わり方がきれいなんです」

その言葉にかちんと来た翼は、背負ったままだったベースケースからＢＢ３０００を取り出し、ごりごりごりごりごごごごごごごごごごりいいいいいいいいとつま弾いた。

「ちょっと！」

羊川が耳を押さえる。足がもつれ、手すりの上にしゃがみ込む。片耳から手を離し、手すりに手をかけていた。

「あれ、落ちたくないんだ。きれいに終わりたいんじゃなかったの」

「死に方を選びたいだけです！」吐き気をこらえているのか眉間の皺が激しい。「これで落ちてしまったら、私は」

「そうだね。自白して覚悟して終わるんじゃなくて、気持ち悪い音楽に足を取られて落下したことになっちゃうもんね。だから止めないよ。もうすぐ、警備員も集まってくるだろうし」

なんだなんだ、この気持ち悪い音、どこから？　という声が下層階から響いてきた。これで、羊川はどうにもならなくなってしまった。

「はあ、ああっ、もうっ！」

吐き気と怒りと諦めを混ぜたような息を吐いた後で、羊川は手すりから下りてきた。

「自首しても、すっきりした形でなんか終わりません。裁判も、怪物ノウハウの検証が終わらなければ始まらない。科学的な根拠も要求されるでしょう。数年、下手をしたら何十年も、断罪の機会さえ与えられず宙ぶらりんのまま過ごすことになる……きれいに、すっぱり責任を取りたいと思ってはいけませんか」

「私は政治に関わってからの日も浅いし、何もわかってないけどさ」

翼は屈み込んだ秘書の手を取り、引っ張り上げる。

「この世界にいる人が、きれいに終わるつもりでいるなんてズルくない？　政治って、大勢の悩みを解決しなくちゃいけない。一つの問題が片付いても、また別の問題が現れる。問題によっては、それぞれ別の問題と絡み合ってるものもあったりして、ずるずるずるいつまでもきれいにできない。そういうのを覚悟できる人が政治をやるべきじゃないの？　羊川さんだってその一人じゃなかったの？」

警備員が数人、吹き抜けの近くまで集まってきた。下の階から見上げている、清掃スタッフらしき影も見える。ごめんなさい、後で説明します、と告げて解散してもらう。

「それでも、どうしても耐えられないって言うんなら、ここじゃないどこかで死んで欲しい。モールの人に、迷惑かけたくないから」

「迷惑をかけずに死ねる場所なんてありませんよ」

自分に言い聞かせるように私設秘書はつぶやき、足元のほこりを手で払った。

「仰ること、心に染みました。ずるずるだらだら宙ぶらりんな私を、許してください」

スマホをコールして、輪久井警視長を呼び出している。


一階まで下りてくると、自動ドアのガラスごしにパトカーランプが回転している。手回しがよすぎる。翼は安心する。たぶん、輪久井さんもわかっていたんだ。翼と同じルートか、違う方向からかは知らないけれど、ある程度羊川に照準を絞っていたらしい。だからこそ、自分から引導を渡してあげることができたのは、せめてもの救いだった。

「この二年間、あなたの下で働いていた時間は、私にとって充実したものだったとは言い切れません」

点滅するライトを眺めながら、申し訳なさそうに羊川は言う。

「それでも、楽しかったですよ。これまで生きていた中で、一番楽しかった」

「それはどうも」

私も楽しかったよ、と翼は告げる。最寄りの警察署か、府警本部のどちらに連れていかれるのだろう？　同行しようと思ったけれど、手のひらで謝絶された。雨が降り始めたようだ。水に滲(にじ)

む自動ドアが、ランプの赤をパレットみたいにかき混ぜ蕩かし、オレンジと黄色に分ける。そちらへ向かう羊川は、光の中へ吸い込まれていくみたいだ。

最後に振り向いた元秘書は、もう一度、子供みたいな笑顔を見せてくれた。

「さようなら、私の市長さん」

ランプが去るのを見送った後で、翼は、自分を動かしていた大事な成分が抜け落ちたような疲れを感じた。

それでも感傷を噛み殺し、呟いた。

「みんなの市長だよ」

終章　あとしまつ

二〇二七年二月二十二日、眉原市ロックフェスティバルの開催予定が市のホームページにアップされた。

期間は七月十七日～十九日の三日間。数年前から耕作が放棄されている農地の一部を一時的に借り受け、屋台やテントスペースも設置される大がかりなロックイベントだ。ネット動画で百万以上の再生回数を誇る歌い手や、人気アニメのタイアップバンド、全国的に支持を集めているインディーズバンドも名前を連ねているため、少なくとも数万人の集客が予想されている。好評を博し、今後も継続するイベントになってくれた場合、町おこしの主戦力に数えられることだろう。

今回のような一大興行を地方で執り行うにあたっては、地元の政治家や商業団体との各種折衝・利益配分が不可欠だ。誰もが納得できるパイの切り分けなんてあり得ないわけだから、一部、あるいは全員に少しずつ我慢を強いることになる。

そういうとりまとめを担当する損な役割は、このイベントではトータルコーディネーターと呼ばれている。

初年度のトータルコーディネーターに就任したのは、同市の前市長、利根川翼だった。

京都府警本部の一室で、翼は半年ぶりに輪久井警視長と向かい合っていた。

羊川が自首した後、しばらくは聴取や各種確認のために毎日顔を合わせていたけれど、最近は定期的に連絡が入るだけだ。今回の訪問は別件で、トータルコーディネーターとして、イベントの警備・運営体制にお墨付きをもらうために確認を依頼している。

「提出いただいた申請書と資料に、特段の不備はございません」

山のように積み上げられた関連書類をすさまじいスピードで読み上げた輪久井は、労るように白い歯を見せた。

「二十カ所ばかり記述を修正していただいたら終了です」

がっくり来る。徹夜で仕上げたレポートも含まれているのだ。

「それを、不備があるって言うのでは……」

「こういう書類は、行政が申請者に対してマウントを取るためにあえてわかりにくくしてある部分も散見されますからね。百パーセント完璧な記入は土台無理な話なんですよ」

身も蓋もない内部事情を教えてくれた後で警察高官は、

「しかし意外でした。市長……失礼、利根川さんは、根本的に他人の世話を焼きたがらない方だと思っておりました」

「いやいや、市長やってたじゃないですか」

「人間、誰しも向いていない職分や役目を強いられる時期があります。もうこりごりと感じておられたのでは？」

「なんか、私しかいないって頼まれちゃったんで」

返してもらった書類を鞄に収めながら翼は言う。

「皆がしてもらいたいって願ってることがあって、できるのが私だけだったら、やってもいいのかなって思います」

「……なるほど。リーダーとは、そういうものかもしれませんね」

そんなにたいした意見を伝えたつもりもなかったのだけれど、輪久井は重々しく頷いてくれた。

「理由はそれだけでもないですけどね。昔バンドを組んでたメンバーがばらばらに参加してるんです。色々迷惑をかけたから、少しは手伝ってあげようって」

「ご自身は復帰されないのですか？」

「今はあんまり……どっちかって言うと、一人で作る方が楽しいので」

趣味と実益を兼ねて、翼は「前市長が弾いてみた」という動画を投稿サイトにアップしている。カバー曲は好評、オリジナルは大不評だった。現在の翼は、基本的に動画の収益と市長時代の貯金だけで生計を立てているので、それなりの報酬が得られるトータルコーディネーターの誘いがありがたかったのも否定はできない。その他の仕事としては、時折、ローカルテレビやラジオのゲストコメンテーターとして出演させてもらっている。

収録現場では、同じようにコメンテーターとして重宝されている、清城元議員や永倉博士と顔を合わせることも多い。

清城は、昨年三月に市議会議員を辞していた。経緯はどうあれ、人一人を殺めた責任を取りたいと語り、それからは市政に一切関わっていない。辞職自体は翼も想定していたものの、清流会党首の地位さえ退いたのは予想外だった。といっても完全に政界を引退したわけではなく、次の京都府知事選に出馬を予定しているという噂も流れているようだ。怪物事件で、なにか心境の変化があったのかもしれない。

怪物ノウハウを公表しなかったために世界的な非難にさらされていた永倉だったが、岩緑や羊川と手を組んでいたわけではないと判明したこと、隠していた期間が比較的短期間であった点が考慮され、無罪放免になっていた。その後は事件の回想録を出版して荒稼ぎしているようだ。怪物問題は別の局面を迎えつつあるから、今のうちに研究費用を捻出しておきたいのかもしれない。

羊川は教えてくれた。不慮の事態を想定して、世界各地に怪物を出現させる「予約」は二百件近く残っていると。

その言葉は正しかった。怪物は昨年十二月、ニュージーランドに出現した個体を最後に姿を見せていない。あの日から数えて百九十八体目だった。

今後の世界的な課題は、怪物ノウハウの悪用を防ぐことだ。単純に考えると、二つの対策が考えられる。迷宮図に関する情報を規制するという方法は、根本的な解決策になるようで、案外難しい。現在のところ、怪物を生み出す効果があると判明しているのは図南星鍵の別荘跡地を参考にした迷宮のみではあるけれど、永倉やモーリスの推測が正しいのであれば、他にも効果を持つ迷宮図は存在すると思われるからだ。迷宮をデザインし続けたら、そのうち「当たり」にたどりつくかもしれない。

そのため世界各国では、建築物のチェックを厳しくするという対処方法が採用されている。

例えばアメリカでは、一定以上の面積を持つ建築物で住人が存在しない場合、不法侵入者が発生しないよう、厳重に封鎖しなければならない法律が可決されたという。さらにそういった建物の周りには、不心得者が集まらないよう、自警団が周回して目を光らせている街もあると聞いている。そのリーダーになっているのが、あのモーリス・ジガーだった。今後は余計なまねをしないで欲しいな、と翼は願っている。

「ストックの話、どうなってるかご存じですか？　怪物に対抗するため、警察や自衛隊の人に命令権を持たせておくって話です」

前々から気になっていた事柄を、ついでに訊いておく。

「国家の運営体制によって、がらりと分かれている様子です」

輪久井はチョップをするように平手を垂直に動かした。分断のジェスチャーらしい。

「比較的健全な民主主義体制が機能している国家群においては、警官の一人一人にまでストックを持たせる必要はないのではという意見が大半を占めているようです。当然、本邦もこちら側ですね。しかしそうではない国家においては、軽視できない脅威と捉えられている。独裁国家のお偉方たちは、自国内にあのときのような怪物が出現するかもしれないと戦々恐々のご様子です」

あのときのような怪物とは、モーリス・ジガーの実験で出現した個体を指しているのだろう。

「ある意味で、怪物は独裁者にとって最も恐ろしい反逆者なんですよ。ただ壁を組み合わせるか、土を掘り進めるだけで、強力な暗殺者が生まれるわけですから。某国家では、親衛隊全員にストックを保有させているとか」

「希望になっちゃうって意味ですか。あんな怪物が」

「圧政にあえぐ人々にとっては、あるいはそうなるでしょうな」

翼は考える。今、羊川はどんな気持ちなんだろう。

一年が経過してもなお、彼女の裁判は開始されていない。東京の拘置所にいるらしい彼女には、何度か手紙を送っているけれど返事はゼロだった。

あのとき、さようならと告げたことが全てなのだろう。

しかし、彼女の行いは、結果として、世界中に怪物ノウハウを振りまいた。

どこか遠くで、権力者に虐げられている人々が、密(ひそ)かに迷宮を作り上げるかもしれない。

モーリスの迷宮よりも頑丈なものを用意したとき、それこそゴジラのような、命令で対抗する暇もなく独裁者を焼き払ってしまうような、超強力な個体が誕生するかもしれない。回り回って、大勢の人々が救われる未来だってあり得るのだ。

そのとき、羊川の罪は洗われ、再会の日が訪れるのだろうか。

夕刻、府警本部前のロータリーには眉原行きのバスが到着していた。輪久井が見送りについてきてくれる。皮肉な話だが、直通バスの本数が増えているのは、怪物騒ぎのおかげだ。今日も図南星鍵の別荘跡地周辺には、カメラを抱えた観光客が大勢押し寄せているという。跡地も、モーリスの迷宮もフェンスで覆われているため、面白いものは何もなさそうだが、合戦跡地を訪れるような感覚なのだろうか。

バスの出発時刻まで二分余り。回答はないだろうと承知の上で、翼は訊いた。

「何か、連絡が来てたりするんでしょうか。国連とかホワイトハウスとかに」

どこからですか？　と口にした輪久井は、すぐに察したようだ。

「つまり、怪物が生まれるシステムを敷いた、異星人なり、大宇宙の意志なりからですか」

謎の存在は、人類の発展を阻害するために怪物を用意したというのがモーリス・ジガー説。そうではなく、発展を促すために用意したというのが永倉秀華説。

どちらが正しいにしても、人類が数千年かけて知識を蓄え、怪物はこういう仕組みで発生するのだと不完全ながら解明に至った事態を、見過ごすとは思えない。今度こそコンタクトを試みてくるのではないだろうか、と翼は気にかけていたのだ。そういう情報は、多分、隠蔽される。それでも、輪久井レベルの高官ならつかんでいてもおかしくはない。

「残念ながら、メッセージの類は届いていません。本邦にも、世界にも」輪久井は断言した。

「壮大な隠し事を行う場合、隠す行為自体に気配が生じるものですが、少なくとも私が所持している情報網には引っかかっていません」

「不思議ですね。このタイミングでも反応なしなんて。謎の人たちは、何がしたかったんでしょう」

　首を傾(かし)げる翼に、警察高官は少しだけ頬を緩める。

「プロジェクトが頓挫したのかもしれませんな。もしかしたら」

「とんざ？」

「市長もご存じでしょう。警察でも市役所でも、誰か、声が大きくてやる気のある方が壮大な計画を立ち上げて、周りをその気にさせる。ところが、計画が動き出した後で、中心人物が亡くなるとか失脚するなどした場合、案件は中断されてしまうか、規模を縮小してだらだら続行するだけで何の成果ももたらさない……空の向こうにいらっしゃる方々にとって、今回の一件は、そういうプロジェクトなのかもしれません」

「うわー、ありそうですね。嫌なリアルさだ」

　翼が笑うと、輪久井は申し訳なさそうに頭を傾けた。

「夢のない話で失礼いたしました」

「いえ、逆に夢がありますよ」

「そうでしょうか？」

「宇宙の人たちが、完璧な性格だったなら、私たちと上手(うま)くいくはずないじゃないですか」

　翼は空を見上げる。

「でも私たちみたいに、しょうもないところがある人たちだったら、案外仲良くやっていけるかも」

　輪久井はからからと笑った。冗談を言っただけと受け取ったのか、本気だったからこそおかしかったのかはわからない。

　怪物が消えた世界で、前市長は夕日を眺めている。

主要参考文献

『迷宮学入門』
和泉雅人
講談社現代新書　2000/12/20

「アーサー・エヴァンズ卿とクノッソス宮殿：古代遺跡とそのイメージ形成をめぐる考察」
中澤　務
『Semawy Menu』1 67-76, 2010/03/08　関西大学文化財保存修復研究拠点

「古代が生んだ神秘的なシンボル迷路」
岩崎信治
『日本デザイン学会研究発表大会概要集』57, F01, 2010/6/15　一般社団法人 日本デザイン学会

「「迷宮(Labyrinth)」図像群に関する一考察：迷宮史概略、および現代アメリカにおける迷宮図像活用について」
中島和歌子
『東京大学宗教学年報』29 105-126, 2012/3/31　東京大学文学部宗教学研究室

・この作品はフィクションです。
実在の人物・団体・事件とは一切関係がありません。

・本書は書き下ろしです。

潮谷 験（しおたに　けん）
1978年京都府生まれ。第63回メフィスト賞受賞のデビュー作『スイッチ 悪意の実験』が発売後即重版され、TBS「王様のブランチ」で特集されるなど話題となる。2作目の『時空犯』は「リアルサウンド認定2021年度国内ミステリーベスト10」で第1位に選出された。その他の著書に『エンドロール』『あらゆる薔薇のために』がある。

ミノタウロス現象（げんしょう）

2024年2月2日　初版発行

著者／潮谷（しおたに） 験（けん）

発行者／山下直久

発行／株式会社KADOKAWA
〒102-8177　東京都千代田区富士見2-13-3
電話 0570-002-301（ナビダイヤル）

印刷所／旭印刷株式会社

製本所／本間製本株式会社

●お問い合わせ
https://www.kadokawa.co.jp/（「お問い合わせ」へお進みください）
※内容によっては、お答えできない場合があります。
※サポートは日本国内のみとさせていただきます。
※Japanese text only

定価はカバーに表示してあります。

ISBN 978-4-04-114594-4　C0093

KADOKAWAの好評既刊

忘らるる物語

高殿 円

「王の子を産むか、さもなくば死か」
次期皇帝を選ぶ道具にされた少女は、
触れただけで男を殺せる伝説の民と出会った。

辺境の王族として生まれ、幸福な結婚をしたばかりの環璃(ワリ)は、突如たったひとりになった。広大な大陸を統べる燦(さん)帝国の次期皇帝を選ぶための籤(くじ)、“皇后星”に選ばれたからだ。一族はすべて皆殺し、産んだばかりの息子を人質に取られ、環璃は候補の王たちと寝るためだけに国々を巡る。絶望の淵に突き落とされた彼女が出会ったのは、触れた男を塵にする力をもつチユギという名の戦士だった……。

ISBN 978-4-04-111392-9